जीवन चरित्र

बेस्टसेलर पुस्तक 'विचार नियम'
के रचनाकार
सरश्री
की शिक्षाओं पर
आधारित

आदि शंकराचार्य

शास्त्रार्थ के शस्त्र से अज्ञान का अस्त

आदि शंकराचार्य
शास्त्रार्थ के शस्त्र से अज्ञान का अस्त

सरश्री
की शिक्षाओं पर आधारित

प्रकाशक : वॉव पब्लिशिंग्ज् प्रा. लि., पुणे

ISBN : 978-93-87696-96-9

प्रथम आवृत्ति : अगस्त 2019

द्वितीय आवृत्ति : सितंबर 2019

© Tejgyan Global Foundation
All Rights Reserved 2019.
Tejgyan Global Foundation is a charitable organization
with its headquarters in Pune, India.

© सर्वाधिकार सुरक्षित

वॉव पब्लिशिंग्ज् प्रा. लि. द्वारा प्रकाशित यह पुस्तक इस शर्त पर विक्रय की जा रही है कि प्रकाशक की लिखित पूर्वानुमति के बिना इसे व्यावसायिक अथवा अन्य किसी भी रूप में उपयोग नहीं किया जा सकता। इसे पुनः प्रकाशित कर बेचा या किराए पर नहीं दिया जा सकता तथा जिल्दबंद या खुले किसी भी अन्य रूप में पाठकों के मध्य इसका परिचालन नहीं किया जा सकता। ये सभी शर्तें पुस्तक के खरीददार पर भी लागू होंगी। इस संदर्भ में सभी प्रकाशनाधिकार सुरक्षित हैं। इस पुस्तक का आंशिक रूप में पुनः प्रकाशन या पुनः प्रकाशनार्थ अपने रिकॉर्ड में सुरक्षित रखने, इसे पुनः प्रस्तुत करने की प्रति अपनाने, इसका अनूदित रूप तैयार करने अथवा इलेक्ट्रॉनिक, मैकेनिकल, फोटोकॉपी और रिकॉर्डिंग आदि किसी भी पद्धति से इसका उपयोग करने हेतु समस्त प्रकाशनाधिकार रखनेवाले अधिकारी तथा पुस्तक के प्रकाशक की पूर्वानुमति लेना अनिवार्य है।

Adi Shankaracharya
Shaastrarth Ke Shastra Se Agyan Ka Ast
By Tejgyan Global Foundation

पुस्तक समर्पित है,
उन सभी वेदों, उपनिषदों
व प्राचीन शास्त्रों को, जिनमें निहित
ज्ञान के आधार पर आदि शंकराचार्य
ने अपने समकालीन विद्वानों से
शास्त्रार्थ करके परम आध्यात्मिक
ज्ञान को प्रतिष्ठित किया।

- विषय सूची -

प्रस्तावना	आत्मसाक्षात्कार का स्वामी	7
	अद्वैत वेदांत के तारणहार	
खण्ड 1	बचपन के चमत्कार	11
भाग 1	प्रज्ञावान बचपन	12
भाग 2	अबोध बालक की प्रार्थना	16
भाग 3	'आत्मबोध' की रचना	20
भाग 4	मातृ सेवा-साधना	24
भाग 5	अगर–मगर का खेल	29
भाग 6	मानसिक कर्म का रहस्य	33
भाग 7	संन्यास जीवन का आरंभ	38
खण्ड 2	ज्ञान प्राप्ति काल	41
भाग 8	गुरु और गुरु की तलाश में	42
भाग 9	गुरु से ज्ञान प्राप्ति और ज्ञान से योग बल प्राप्ति	46

भाग 10	स्वअनुभव की दृढ़ता	51
भाग 11	सनन्दन (पद्पाद) की दीक्षा	57
खण्ड 3	**दिग्विजय यात्रा और शास्त्रार्थ**	**61**
भाग 12	ब्रह्मसूत्र भाष्य रचना तथा वेद व्यास से मुलाकात	62
भाग 13	कुमारिल भट्ट से मुलाकात भाग १	68
भाग 14	कुमारिल भट्ट से मुलाकात भाग २	72
भाग 15	मंडन मिश्र के साथ शास्त्रार्थ	77
भाग 16	श्रृंगेरी मठ की स्थापना	87
भाग 17	माता का अंत्य संस्कार और शंकर स्मृति की रचना	91
भाग 18	विभन्न मतों का एकमत होना	96
खण्ड 4	**चार मठों की स्थापना, ग्रंथ व रचनाएँ**	**101**
भाग 19	शारदा पीठ में प्रवेश परीक्षा	102
भाग 20	चार मठों का संचालन और महासमाधि	107
भाग 21	आदि शंकराचार्य के ग्रंथ व अन्य रचनाएँ	112

आत्मसाक्षात्कार का स्वामी

अद्वैत वेदांत के तारणहार

'अकंप और दृढ़ निश्चयी मन से ही चमत्कार घटते हैं,
अविश्वसनीय कार्य संपन्न होते हैं।
कारण चमत्कार की शक्ति कहीं बाहर नहीं
आपके भीतर ही है।'

ये शब्द कहनेवाला कोई मोटीवेशनल स्पीकर नहीं बल्कि आत्मसाक्षात्कार का स्वामी था।

आज से १२०० सौ साल पहले जब भारत राजनैतिक तौर पर ही नहीं बल्कि धार्मिक तौर पर भी बँटा हुआ था तब धर्म के नाम पर कर्मकाण्ड, रूढ़ी-परंपराएँ और आडंबर ने अपने पैर जमाए हुए थे। उस समय हिंदू धर्म अनेक संप्रदायों में बँटा था। जैन धर्म, बौद्ध धर्म तथा अन्य कई संप्रदायों का प्रभाव जनता पर पड़ रहा था। जैन और बौद्ध धर्म के प्रसार में अनेक राजा मदद कर रहे थे। जिस वजह

से तथाकथित धर्मप्रमुख अपनी मनमानी कर रहे थे। ऐसे में इन धर्मों के अनुयायी सत्य की शिक्षाओं से दूर होकर भटक रहे थे। समाज में फैली जिन बुराइयों को खत्म करने के लिए इस ज्ञान का जन्म हुआ था, भगवान बुद्ध के १३०० वर्ष बाद उनके अनुयायी, उन्हीं बुराइयों में फिर से फँस गए। जिस कारण धर्म के नाम पर लोग अनुचित, अनैतिक कामों को करने से भी नहीं हिचकिचाते थे।

दूसरी तरफ वैदिक धर्म अपने ही भीतर कई छोटी-छोटी शाखाओं-उपशाखाओं में बँट गया था। जैसे विष्णु की पूजा करनेवाले वैष्णव संप्रदाय, शिव की पूजा करनेवाले शैव संप्रदाय, शक्ति की पूजा करनेवाले शाक्य संप्रदाय, सूर्य की पूजा करनेवाले सौर संप्रदाय आदि में आपस में संघर्ष चला करता था। अपने-अपने संप्रदाय को श्रेष्ठ दिखलाने के लिए लोगों के बीच मार-पीट व हिंसक घटनाएँ तक होने लगीं।

इतना ही नहीं, उस दौरान तन्त्र पूजा और तान्त्रिकों का भी बोलबाला था। तंत्र साधना के माध्यम से भी चेतना की उन्नति की जा सकती है लेकिन इसके दुरुपयोग से तंत्र साधना बदनाम हो गई। तांत्रिकों में सबसे आगे कापालिक मत के तांत्रिक थे। वे श्मशान में रहते, हड्डियों की माला पहनते, मद्य-मांस खुलकर खाते-पीते, स्त्रियों के साथ रमण करते। सामान्य जनता पर इन्होंने आतंक फैला रखा था।

इन हालातों से समाज को बाहर निकालने के लिए किसी ऐसे सत्पुरुष की आवश्यकता थी, जो धर्म की टूटी हुई कड़ियों को फिर से जोड़कर उसे मजबूत बनाता और धर्म के वास्तविक स्वरूप को सबके सामने प्रस्तुत करता। तब आत्मसाक्षात्कार के स्वामी आदि शंकराचार्य का जन्म हुआ।

शंकराचार्य बाल ब्रह्मचारी, तपस्वी तथा योगी थे। उन्होंने धर्म को बचाने व लोगों को धर्म का असली अर्थ समझाने की ज़िम्मेदारी अपने ऊपर ली। समाज में फैले अज्ञान को ज्ञान का उजाला दिखाया। इसके लिए उन्होंने पूरे भारत की पैदल यात्रा की। जिसका मकसद था भारत को धार्मिक और आध्यात्मिक तौर पर एक

करना। उन्होंने भारत के कोने-कोने में जाकर अलग-अलग धर्म और संप्रदायों के विद्वानों से शास्त्रार्थ किया व धर्म विजय की नींव रखी। शास्त्रार्थ का उद्देश्य स्वयं की बुद्धिमत्ता का प्रदर्शन करना नहीं बल्कि लोगों को धर्म के नाम पर फैले झूठे ज्ञान के चंगुल से छुड़ाना था। अद्वैत वेदान्त को जन-जन तक पहुँचाने के लिए उन्होंने भारत के चारों दिशाओं में चार धर्म मठों की स्थापना की, जो हिंदू धर्म तथा दर्शन का प्रमुख आधार स्तम्भ हैं।

आज की सामाजिक व धार्मिक स्थिति पर नज़र डाली जाए तो आज भी हिंदू, मुस्लिम, क्रिश्चन, जैन, बौद्ध अपने-अपने धर्म को श्रेष्ठ सिद्ध करने में लगे हुए हैं। कई बार धर्म के नाम पर दंगे-फसाद भी होते हैं। अतः आज भी हमें एक ऐसे कॉमन धागे की ज़रूरत है, जो सभी धर्मों के मूल तत्त्व को आपस में जोड़कर रख सके। सत्य समझ ही वह धागा है, जिसकी आज समाज को सख्त ज़रूरत है।

आदि शंकराचार्य ने धार्मिक एकता को फैलाने का कठिन कार्य भली-भाँति पूरा किया। इस दौरान उनके जीवन में कई अलौकिक घटनाएँ हुईं। जिससे उनकी परालौकिक शक्तियों का दर्शन होता है। आज के युग में इन शक्तियों पर विश्वास करना कठिन है। सोचिए कि कुछ सालों पहले यदि कोई कहता कि हम हज़ारों मील दूर बैठे इंसान से बातचीत कर सकते हैं, यहाँ तक कि उसकी शकल भी देख सकते हैं तो लोग उसे पागल कहते। लेकिन आज वीडियो कॉल के ज़रिए यह संभव है। कहने का तात्पर्य- जब तक किसी चीज़ का आविष्कार नहीं हो जाता तब तक वह अंधेरे में रहती है या चमत्कार प्रतीत होती है। एक बार वह प्रकाश में आ जाए तो फिर उसके लिए कोई शंका नहीं बचती।

यही कठिन कार्य आदि शंकराचार्य ने मानव जाति के लिए किया है। उन्होंने अपने जीवन से दिखलाया कि इंसान का तन, मन अनेक शक्तियों का भंडार है, जो बीज रूप में हरेक के अंदर विद्यमान है। स्वयं के साक्षात्कार से इंसान इन शक्तियों को जागृत कर, लोक कल्याण के लिए उपयोग कर सकता है।

इस पुस्तक के ज़रिए आदि शंकराचार्य के अद्भुत और अलौकिक जीवन को लोगों तक सही रूप से पहुँचाने का प्रयास किया गया है। पुस्तक में उनके जीवन में घटी अचंभित करनेवाली घटनाओं का उल्लेख मिलता है। विभिन्न ग्रंथों में घटनाओं के काल, क्रम, स्थान तथा नामों में मतभेद है। अतः उनकी सत्यता पर शंका-कुशंका न करते हुए, उनके पीछे छिपे गहरे अर्थों को समझने का प्रयत्न करें। आदि शंकराचार्य द्वारा दिए वैदिक ज्ञान व उनकी शिक्षाओं पर फोकस कर, आप आत्मोन्नति कर पाएँ, यही इस पुस्तक का उद्देश्य है।

हॅपी थॉट्स

खण्ड 1

बचपन के चमत्कार

1

प्रज्ञावान बचपन

संपूर्ण मानव जाति के लिए दया,
करुणा का भाव मन में पनपना कृपा है।

वेदांत के आदिगुरु आदि शंकराचार्य का जन्म ७८८ ईस्वी* में केरल के एक छोटे से गाँव में ब्राह्मण कुल में हुआ था। उनके जन्म की एक छोटी सी कथा प्रसिद्ध है, जिसके अनुसार शंकराचार्य के माता-पिता एक लंबे समय तक निःसंतान थे। दोनों ने संतान प्राप्ति के लिए कड़ी साधना की। तब पिता शिवागुरु के सपने में उनके कुलदेवता आशुतोष संतोष (भगवान शिव) आए और उन्होंने कहा, 'मैं तुम दोनों की तपस्या से प्रसन्न हूँ। बताओ तुम्हारी क्या इच्छा है, मैं अवश्य उसे पूर्ण करूँगा।' तब शिवागुरु ने कहा, 'हमें बस एक पुत्र हो जाए, इससे ज़्यादा कुछ नहीं चाहिए।'

इस पर भगवान आशुतोष संतोष बोले, 'तुम किस प्रकार का पुत्र चाहते हो? तुम्हारे पास दो विकल्प हैं या तो तुम्हें एक ही पुत्र होगा, जो परमज्ञानी होगा किंतु

*आदि शंकराचार्य के जीवन पर आज तक कई ग्रंथ प्रकाशित हुए हैं, जिनमें उनके जन्म की तिथि या माता-पिता के नाम में मदभेद है। उनकी माता को आर्यम्बा या विशिष्टा के नाम से भी जाना जाता है। पाठकों से निवेदन है कि इनमें न उलझते हुए, उनके द्वारा प्रसारित ज्ञान पर अपना ध्यान केंद्रित करें।

उसकी आयु कम होगी। या फिर तुम्हें कई पुत्र होंगे, जो आम आदमी की तरह खाएँ-गे-पीएँगे, आजीविका चलाएँगे, शादी करके बच्चे पैदा करेंगे और लंबे समय तक जीकर एक दिन मर जाएँगे। न वे खुद का मंगल करेंगे और न ही किसी और का। बोलो तुम्हें दोनों में से क्या चाहिए?'

चूँकि शिवागुरु स्वयं आध्यात्मिक राह पर चलनेवाले साधक थे। वे जानते थे कि माया में सौ वर्ष जीने की अपेक्षा, सत्य के साथ एक दिन जीना श्रेष्ठ है। अतः उन्होंने पहले विकल्प का चुनाव किया। उन्होंने भगवान आशुतोष से परमज्ञानी पुत्र की माँग की।

साधारणतः लोग किस दृष्टिकोण को सामने रखकर बच्चे पैदा करते हैं! यही कि आनेवाला बच्चा उनके वंश को आगे बढ़ाएगा... पीढ़ियों से चला आ रहा व्यवसाय चलाएगा... माता-पिता का नाम रोशन करेगा... बुढ़ापे का सहारा बनेगा... आदि। इंसान को संतान चाहिए सिर्फ मैं, मेरा, मुझे की चाहतों को पूरा करने के लिए। संसार के कल्याण हेतु बच्चे को जन्म देने का विचार तो आता ही नहीं है। इंसान खुद तो सांसारिक वासनाओं में फँसा हुआ है और अपने बच्चों को भी वैसा ही बनाना चाहता है।

ज़रा सोचिए, शिवागुरु की जगह तर्क बुद्धि से चलनेवाला इंसान होता तो क्या वह यही माँगता! वह तो यह सोचता कि 'नहीं... नहीं... सिर्फ एक नहीं, दो-तीन बच्चे होने चाहिए। भाई को बहन या बहन को भाई तो मिलना ही चाहिए वरना आगे चलकर उनका सगा कौन होगा? माँ-बाप का साथ सारी उम्र के लिए थोड़ी रहेगा!' इंसान यह भी सोचता है कि 'एक बेटा निकम्मा निकला तो दूसरा हमें पूछेगा। दूसरा भी निकम्मा निकला तो कम से कम तीसरा हमारे बुढ़ापे की लाठी बनेगा। यदि एक ही ज्ञानी पुत्र माँगा और वह भी जल्दी मर गया तो इसमें हमारा क्या फायदा? घाटे का सौदा ही होगा। बुढ़ापे में हमारी देख-भाल कौन करेगा?'

अब आपके लिए यहाँ पर एक अनोखा सवाल है। स्वयं से पूछें, 'यदि मुझे दूसरा जन्म मिले और उसके लिए मुझे दो विकल्प दिए गए तो मैं कौनसा विकल्प चुनूँगी/चुनूँगा?' पहला विकल्प यह है कि आपका नाम होगा... भरपूर इज्जत-शोहरत मिलेगी... आपकी सारी सुप्त इच्छाएँ पूरी होंगी... भरपूर धन की प्राप्ति होगी। लेकिन अज्ञान में जीकर ही आप पृथ्वी से चले जाएँगे।

दूसरा विकल्प है कि आपकी कोई भी इच्छा पूरी नहीं होगी... वस्तुतः इच्छाएँ ही खत्म हो जाएँगी... आपका व्यक्तित्व धोखे में पड़ जाएगा... आपके सुखों की परिभाषा बदल जाएगी... आपकी पहचान खो जाएगी... ज्ञान के आगे आपको दुनिया की हर दौलत फीकी लगने लगेगी... आप पृथ्वी से सिर्फ ज्ञान का दिखावा करके नहीं बल्कि आप जो हो, उसकी अभिव्यक्ति करके जाएँगे।

कुछ देर आँखें बंद कर मनन करें कि आप किसका चुनाव करेंगे!

शिवागुरु और उसकी पत्नी ने तो अपना चुनाव कर लिया था। अतः योग्य समय आने पर उन्हें एक ओजस्वी पुत्र हुआ। चूँकि वह भगवान आशुतोष के वरदान से ही पैदा हुआ था इसलिए भगवान शिव का प्रसाद समझकर बालक का नाम शंकर रखा गया। यही आगे चलकर 'आदि शंकराचार्य' के नाम से प्रख्यात हुए। अपने तप, तेज व तीक्ष्ण बुद्धि के बल पर इन्होंने नास्तिकता का खण्डन करके सत्य सनातन वैदिक धर्म की पुनःस्थापना की।

आदि शंकराचार्य का जीवन सत्य में स्थापित होने (सेल्फ स्टैबिलाइजेशन) की यात्रा है तथा उनका शरीर सत्य की अभिव्यक्ति के लिए कैसे निमित्त बना, इसका दर्शन है। आज की भाषा में कहें तो उन्होंने शरीर से परे अपने होने का अनुभव किया और फिर उसी दृढ़ता में रहकर लोगों को वह ज्ञान दिया।

इसे मात्र कहानी के रूप में न पढ़ें बल्कि इस संभावना के साथ पढ़ें कि हर शरीर की ऐसी यात्रा संभव है। स्वयं से पूछें, 'इससे गुज़रने के लिए हमें कौनसे कदम उठाने होंगे? आदि शंकराचार्य ने ऐसा क्या किया, जो वे बिना रुके सत्य की राह पर चले और अत्मसाक्षात्कार के स्वामी बने?'

शंकराचार्य बचपन से ही साधारण बालकों से अलग थे। स्वभाव से शांत-गंभीर शंकराचार्य जो कुछ भी सुनते या पढ़ते, एक बार में ही समझ लेते। केवल तीन वर्ष की आयु में वे मल्यालम के अनेक ग्रंथ पढ़ चुके थे। वेद, वेदान्त, उपनिषद, रामायण, महाभारत आदि शास्त्रों के श्लोक दूसरों से सुनकर उन्होंने कंठस्थ कर डाले। शंकर की असाधारण प्रज्ञा व प्रतिभा देखकर उसके माता-पिता व मित्र आश्चर्य में पड़ जाते थे। चारों ओर इस अद्‌भुत बालक की बुद्धि और प्रगाढ़ ज्ञान की चर्चा होने लगी।

शंकर के पिता अपने बेटे की अलौकिक बुद्धिमत्ता देखकर बहुत प्रसन्न हुए। उन्होंने मन ही मन तय किया कि पाँच वर्ष की आयु में ही उसका उपनयन* संस्कार करके उसे गुरुगृह भेज देंगे। लेकिन जल्द ही उनके पिता का देहांत हो गया।

कुछ समय पश्चात स्वर्गवासी पति की इच्छा को ध्यान में रखते हुए शंकर की माँ ने शंकर का विधिवत उपनयन संस्कार करके उसे गुरुगृह भेज दिया।

---

*हिंदू धर्म में बालक के आठवें वर्ष में पदार्पण करते ही उसका उपनयन संस्कार या जनेऊ संस्कार किया जाता है। प्राचीन समय में उपनयन संस्कार के बाद ही बालक, वेदों के अध्ययन के लिए योग्य माना जाता था और फिर ही उसे गुरुकुल भेजा जाता था।

2

अबोध बालक की प्रार्थना

केवल अहंकार रखनेवाला व्यक्ति ही अपना
कर्तव्य छोड़कर पाप कर सकता है।
जिस व्यक्ति को आत्मज्ञान प्राप्त है, उसे न तो अहंकार होता है
और न ही कर्म का फल प्राप्त करने की इच्छा।

गुरुकुल में शंकर की तीक्ष्ण बुद्धि और ज्ञान के प्रति प्रेम को देखकर उसके गुरु और अन्य शिष्यगण आश्चर्य में पड़ गए। शंकर को जो ग्रंथ पढ़ाए जाते, वे जल्द ही उन्हें कंठस्थ कर लेते तथा दूसरे शिष्यों को जो शास्त्र पढ़ाए जाते, सुन-सुनकर उन्हें भी सीख लेते।

गुरुकुल में रहते हुए सभी शिष्यों को प्रतिदिन भिक्षा माँगकर लाना पड़ता था। एक दिन शंकर एक ब्राह्मण के यहाँ भिक्षा माँगने गए। ब्राह्मण बहुत गरीब था। उसके घर में भिक्षा देने के लिए मुट्ठीभर चावल भी नहीं थे। ब्राह्मण पत्नी को इस बात का बहुत दुःख हो रहा था कि वह भिक्षा देने में असमर्थ है। उसने शंकर की झोली में एक आँवला डालकर करुण स्वर में रोते हुए कहा, 'बालक, मैं तुम्हें भिक्षा देना चाहती हूँ पर कैसे तुम्हें अपनी मजबूरी बताऊँ!! मेरे पति भी भिक्षुक हैं और वे इतनी ही भिक्षा लाते हैं, जितना एक दिन के लिए ज़रूरी हो। हमारे घर में संचित किया हुआ ज़रा सा भी अन्न नहीं रहता।

ब्राह्मणी की लाचारी पर शंकर का कोमल हृदय करुणा से भर गया। उनकी आँखों में आँसू आ गए। वे बालक थे और पहली बार उन्होंने किसी करुण हृदय की पुकार सुनी थी। परमज्ञान प्राप्त होने से पहले साधक के जीवन में कुछ ऐसी घटनाएँ घटती हैं, जिन्हें देखकर उसके मन में सवाल उठ खड़े होते हैं कि संसार में लोगों की ऐसी हालत है, फिर भी लोग उसी रास्ते पर क्यों चलते हैं...? क्या कोई दूसरा मार्ग भी है...? या मैं ऐसे ही जीकर मर जाऊँगा..? यह घटना उन्हीं में से एक थी।

शंकर अभी छोटे थे। गुरुकुल में सीख रहे थे। गुरु ने बताया था कि प्रार्थना में अपार शक्ति होती है। उम्र के उस दौर में गुरु की वाणी पर शंका करने का प्रश्न ही नहीं उठता है। गुरु ने कहा है तो सच ही होगा, इस विश्वास के साथ उन्होंने ब्राह्मणी से कहा, 'आप चिंता न करें, मैं आपके लिए प्रार्थना करूँगा कि आपके घर में कभी किसी चीज़ की कमी न हो।' उन्होंने वहीं खड़े होकर लक्ष्मी देवी का एक स्तोत्र रच डाला और देवी के चरणों में ब्राह्मणी के लिए भावपूर्ण प्रार्थना की। मन ही मन जब उन्हें अपनी प्रार्थना पूर्ति का एहसास हुआ तब उन्होंने ब्राह्मणी को समाचार दिया कि आपको शीघ्र ही धन प्राप्ति होगी और आपकी गरीबी दूर होगी।

दूसरे दिन ब्राह्मण दंपत्ति ने देखा कि उनके घर में जगह-जगह सोने के आँवले बिखरे पड़े हैं। वे सभी को बताने लगे कि बाल ब्रह्मचारी के आशीर्वाद से ही उन्हें धन प्राप्ति हुई है। तब बालक शंकर की अलौकिक शक्ति की खबर चारों ओर फैल गई।

अब आपके मन में सवाल उठ सकता है कि ब्राह्मण के घर में सोने के आँवले कैसे आए? सबसे पहले तो यह जानें कि कुदरत का नियम है जो दिया जाता है, वह मल्टिप्लाय होकर वापस आता है। योग्य जमीन में डाला जाए तो और भी ज़्यादा मल्टिपाय होता है। अयोग्य ज़मीन में डाला तो बीज सड़ जाता है। ब्राह्मणी ने एक आँवला दान दिया और वह भी शंकर जैसी शुद्ध-पवित्र चेतना को। परिणाम सबके सामने था।

दरअसल घर में सोने के आँवले प्रकट होने की घटना उन्होंने लिखी होगी जो चमत्कार के भाव में रहते हैं। तर्क में रहनेवाले कभी भी ऐसा नहीं लिख सकते। इसका अर्थ कुछ गलत लिखा गया है, ऐसा नहीं। लिखनेवाले ने तो सिर्फ शब्द दिए कि निश्चित रूप से क्या हुआ। वह यही लिखना चाहता था कि उस घर में समृद्धि आ गई। पति का काम चल पड़ा। पैसा आता रहा और फिर कभी धन-धान्य की कमी नहीं रही।

एक बच्चे के मुँह से निकली प्रार्थना शुद्ध अंतःकरण से निकलती है। जिसकी ताकत का अंदाज़ा भी नहीं लगाया जा सकता। वह किसी चमत्कार से कम नहीं होती। ऐसी घटनाओं को पढ़कर कुछ लोग सोचते हैं कि चमत्कार विशिष्ट लोगों के साथ ही हो सकते हैं, हमारे साथ तो यह संभव नहीं! वहीं कुछ लोग इसे कहानी के रूप में पढ़कर छोड़ देते है।

जो शब्दों के पीछे छिपे अर्थ जानना चाहते हैं, वे खोज करते हैं कि लिखनेवाले ने यह क्यों लिखा होगा! मनन करने योग्य बात है कि आपके जीवन में भी बहुत कुछ आ रहा है। क्या आप उसे चमत्कार करके देख पाते हैं? आज आपके हाथ में यह पुस्तक है और आप इसे पढ़ रहे हैं, यह भी किसी चमत्कार से कम नहीं। बस! आपको चमत्कार देखने की आँख मिले।

बालक शंकर के मन में बचपन से ही लोगों की लाचारी पर करुणा एवं दया का भाव पनपा करता था। किसी कल्याण कार्य के लिए पृथ्वी पर आना ही ऐसे महापुरुषों का उद्देश्य होता है। शंकर के जीवन में बाल्यकाल से इस कृपा के दर्शन होते हैं। आगे चलकर उनकी कृपा दृष्टि ने हज़ारों बंद हृदयों को खोला और हज़ारों प्यासे दिलों की प्यास बुझाई।

असाधारण प्रतिभा, अनोखी ग्रहणशीलता तथा पैनी बुद्धि के कारण शंकर को अधिक दिनों तक गुरुकुल में नहीं रहना पड़ा। जिन ग्रंथों के अध्ययन में आमतौर पर शिष्यों को बीस साल लग जाते थे, शंकर ने दो साल में ही उन ग्रंथों का अध्ययन पूर्ण कर लिया। ऐसे प्रतिभाशाली शिष्य को पाकर गुरु भी धन्य-धन्य हो गए। उन्होंने शंकर को आशीर्वाद देकर कहा, 'तुम्हें हम जितना सिखा सकते थे, सिखा दिया। अब तुम्हें यहाँ रहने की कोई आवश्यकता नहीं है। तुम वापस अपने घर जा सकते हो।'

इधर शंकर की माता ने पड़ोसन की सुशील कन्या के साथ शंकर का विवाह तय कर रखा था। शंकर के गुरुकुल से लौटते ही उन्होंने शंकर से विवाह की बात चलाई। लेकिन शंकर किसी भी तरह विवाह के लिए राजी नहीं हुए। माँ ने बहुत समझाया, बुझाया लेकिन उनकी एक न चली। शंकर अपने संकल्प पर दृढ़ व अटल रहे। उनकी दृढ़ता ने माँ को भी अचंभित कर दिया।

शंकर की माँ को भगवान शिव का वरदान याद था। वह जानती थी कि शंकर अल्पायु है। अतः उसके मन में इच्छा जागी कि जल्द ही उसका विवाह कर दिया

जाए। जिससे हो सकता है कि वह संन्यास का विचार छोड़ दे। साथ ही उसका अकेलापन भी कट जाएगा। अब यह इच्छा उसकी पूर्व की इच्छा से अलग थी। वह भूल गई कि खुद उन्होंने परम ज्ञानी संतान की प्रार्थना की थी लेकिन समय के साथ उनकी इच्छा परिवर्तित हो गई।

जब बच्चा गर्भ में आता है तो उस पर गर्भ-संस्कार किए जाते हैं। लेकिन जब शंकर की माता गर्भवती थीं तब गर्भ में पल रहे शिशु के कारण उनके संस्कारों में परिवर्तन आ गया था। शंकर की सात्विक वृत्ति का असर माँ पर पड़ रहा था। इसलिए माँ का स्वभाव भी सात्विकता की ओर झुक रहा था और वे बच्चे के परम ज्ञानी साधु स्वरूप से सहमत थीं। लेकिन शंकर के जन्म के बाद वह असर समाप्त हो गया और व्यक्तिगत सुरक्षा की वृत्ति ने फिर सिर उठाया। अतः वे शंकर के विवाह के लिए उतावली हो रही थीं।

आपने अनुभव किया होगा कि किसी सच्चे, निर्मल मन के इंसान के सहवास में आप भी हलका और पावन महसूस करते हैं। जैसे एक छोटे बच्चे के साथ खेलते हुए आप भी स्वयं को वैसा ही महसूस करते हैं लेकिन जैसे ही वह दूर चला जाता है, आप वापस अपनी मूल वृत्तियों में लौट आते हैं। अतः आपको मनन करना है कि यदि किसी की उपस्थिति में आप सत्वगुणी बन जाते हैं तो आपका यह गुण स्थाई रूप से नहीं टिक सकता। उस इंसान की अनुपस्थिति में पुरानी वृत्तियों के सिर उठाने की संभावना बनी रहती है। यदि जागृत रहकर वृत्तियों पर काम होगा तो ही आप स्टैबिलाइजेशन की ओर बढ़ सकेंगे। इसलिए अध्यात्म में आगे बढ़ने के लिए 'जागरुकता' को बहुत महत्त्व दिया गया है।

आदि शंकराचार्य के जीवन की घटनाओं से सहज ही उनकी विलक्षणता का पता चलता है। खेलने-कूदने, बदमाशियाँ करने के दिनों में शंकर की अपने संकल्प के प्रति दृढ़ता उनकी अलौकिकता को प्रमाणित करती है। साथ ही दो वर्ष में अध्ययन समाप्त करने की शक्ति उनकी प्रखर बुद्धिमत्ता का परिचय देती है। 'पूत के पाँव पालने में ही दिखाई देते हैं' यह उक्ति शंकर पर सौ फीसदी लागू होती है।

बालक शंकर से शंकराचार्य की यात्रा के ऐसे ही अनोखे किस्से जानने के लिए आगे के भागों का पठन जारी रखें, जिनमें उनके जीवन के अनेक अद्भुत प्रसंगों की झलकियाँ चित्रित की गई हैं। इन प्रसंगों में स्वयं को रखकर देखें।

3

'आत्मबोध' की रचना

'मैं मुक्त हूँ, मैं मुक्त हूँ, मैं सभी प्रकार के सांसारिक बंधनों से मुक्त हूँ। मैं सच्चिदानंद स्वरूप हूँ। मैं अविनाशी हूँ और चिरस्थायी हूँ।'

बालक शंकर अब घर में रहते हुए अध्ययन और अध्यापन करने लगे। बच्चे से लेकर वृद्ध तक सभी उनके पास शास्त्रों का अध्ययन करने आने लगे। इस समय उनकी आयु मात्र आठ साल की रही होगी। बावज़ूद इसके उनके मन में आध्यात्मिक अनुभव में स्थिर रहने की तीव्र प्यास थी।

गुरुकुल से मिले ज्ञान से वे तृप्त नहीं थे। वे अब गुरुज्ञान का अनुभव प्राप्त करने के लिए बेचैन थे। संसार के प्रति वे हमेशा से उदासीन रहा करते थे। वैराग्य और संन्यास की ओर उनका स्वाभाविक झुकाव था। सरल व साधु स्वभाव के शंकर को कपड़े-लत्ते, स्वादिष्ट भोजन, खेल-मनोरंजन में कोई रुचि नहीं थी। पिता की मृत्यु के पश्चात शंकर और भी विरक्त हो गए। जीवन और मृत्यु के रहस्य को जानने की उनकी प्यास और बढ़ गई।

बचपन से ही शंकर आस-पास चल रही घटनाओं का सूक्ष्मता से अवलोकन

किया करते थे। वे लोगों का जीवन देखकर सोचते कि जिसके लिए जीवन मिला है, वह तो साध्य नहीं हो रहा। लोग ईर्ष्या, द्वेष, लालच, अहंकार में फँसकर अपने होने के अनुभव से दूर जा रहे हैं। जिस सत्य को पाने के लिए विवाह एक निमित्त है, वह निमित्त न बनते हुए माया के दलदल में फँसने का कारण बन रहा है। वे लोगों से मिलते तो उन्हें पता चलता कि कुछ तो गलत चल रहा है और इस पर मनन होना चाहिए। पिता की मृत्यु से उनके अंदर वैराग्य की भावना बढ़ रही थी। लोगों से बातचीत करके उन्हें पता चला कि लोग शब्द पंडित तो बन गए हैं मगर उनका जीवन दुःखभरा ही है। अतः वे ऐसे सांसारिक जीवन में प्रवेश करना नहीं चाहते थे। इसलिए वे माँ से संन्यास लेने की अनुमति माँगते रहते थे। यह बात तय थी कि माँ की अनुमति के बिना वे कोई कदम नहीं उठाना चाहते थे। उनका निर्णय स्पष्ट था। यदि आप कुदरत को स्पष्ट संकेत देते हैं तो वह कोई न कोई रास्ता ज़रूर निकालती है।

इंसान अपने मन में जो भी तीव्र इच्छा रखता है, उसके अनुसार घटना क्रम बनने लगता है, वैसी व्यवस्था होने लगती है। हालाँकि इंसान को उस वक्त पता नहीं होता। अतः मनन करें कि क्या आप अपने निर्णयों पर स्थिर रहते हैं? या बाह्य परिस्थिति के बदलने पर वे भी बदलते हैं? यदि ऐसा हो रहा है तो इसका अर्थ आप कुदरत को स्पष्ट संकेत नहीं देते। 'कभी ये तो कभी वो' के चक्कर में कुदरत भ्रमित हो जाती है कि आपको क्या दिया जाए।

शंकर को अपना लक्ष्य स्पष्ट था। उनकी बार-बार इच्छा होती कि एकान्त स्थान में बैठकर मनन-चिंतन करें और मौका लगने पर विद्वानों से प्रश्न-उत्तर कर, अपने व्याकुल मन को शांत करें। वे कभी वनों, कभी पर्वतों तो कभी नदी तट पर बैठ जाते और आकाश की ओर ताकते हुए मन ही मन प्रश्न करते, 'संसार के इस अद्भुत व्यापार का मूल क्या है? इसका आदि कारण कहाँ और कैसा है?' इन प्रश्नों के चिंतन में वे इतने मग्न हो जाते कि घर-द्वार, रिश्ते-नाते भी भूल जाते।

एक दिन शाम को इसी तरह मनन करते हुए शंकर की मुलाकत एक साधु से हुई। साधु, शंकर के अलौकिक रूप और मुख पर फैली गंभीरता को देखकर चकित रह गए। वे सोचने लगे कि यह कोई साधारण बालक नहीं हो सकता। हो न हो य़ह ज़रूर किसी विशेष कार्य को पूरा करने के लिए पृथ्वी पर आया है। कुतूहलवश साधु ने शंकर से पूछा, 'बालक, तुम कौन हो?' इस पर शंकर ने मुस्कुराते हुए जवाब दिया,

'पता नहीं।' साधु ने पुनः पूछा, 'क्या तुम सचमुच नहीं जानते कि तुम कौन हो?' शंकर ने भी मुस्कुराते हुए दोबारा कहा, 'नहीं महाराज, मैं नहीं जानता कि मैं कौन हूँ? कृपा करके आप ही मुझे बताएँ कि मैं कौन हूँ।' उत्तर में साधु ने लंबी साँस लेकर कहा, 'वही जो जीवन का सार-तत्त्व है।' शंकर ने व्याकुल होकर पूछा, 'महाराज, कृपया मुझे बतलाइए कि वह तत्त्व क्या है।' जवाब में साधु ने कहा, 'बालक, इस संसार में रहकर उस तत्त्व को नहीं जाना जा सकता। उस तत्त्व का स्थान संसार से बाहर है।'

शंकर ने अब दृढ़ता से कहा, 'महात्मा, वह परम तत्त्व न बाहर है, न भीतर और न ऊपर। वह परम तत्त्व तो आपके बिलकुल करीब बल्कि आपके भीतर ही मौजूद है। आत्मचिंतन से उसे महसूस किया जा सकता है।' शंकर के मुख से निकले इस गूढ़ ज्ञान को सुनकर साधु आश्चर्य में पड़ गए। वे सोचने लगे यह बालक तो वास्तव में अलौकिक दिखाई दे रहा है।

साधु ने शंकर को आशीर्वाद दिया और वहाँ से आगे जाने के लिए निकल पड़े। तभी शंकर उनके चरणों में गिर पड़ा। उसने विनती की कि 'महात्मा मुझे अपना शिष्य बनाने की कृपा करें और संन्यास धर्म की दीक्षा दिलाकर परम आनंद प्राप्त करने का मार्ग दिखाएँ।'

साधु ने उसे कहा, 'मेरा पीछा करने से तुम्हें कोई लाभ नहीं होगा। तुमने तो स्वयं कहा है कि परम तत्त्व अपने ही भीतर मौजूद है। फिर मेरे पीछे घूमने से क्या हासिल होगा?' साधु की बात सुनकर भी शंकर अपनी बात पर अड़े रहे। तब साधु ने विनम्रतापूर्वक कहा, 'बेटा अभी तुम्हारी उम्र संन्यास लेने की नहीं है। इसके अलावा तुम्हें अपनी माँ का खयाल भी रखना है। अपनी माँ की आज्ञा व इच्छा के बिना तुम अपना लक्ष्य प्राप्त नहीं कर सकते।' यह कहकर साधु अपने रास्ते निकल पड़े।

शंकर आहत होकर, व्याकुल मन से वहीं धम्म से ज़मीन पर बैठ गए। अपना सारा ध्यान एकाग्रित करके वे खुद से ही सवाल करने लगे, 'मैं कौन हूँ... मैं कौन हूँ...?' साधु तो वहाँ से चले गए लेकिन शंकर ने वहीं आत्ममग्न होकर 'आत्मबोध' नामक अनमोल ग्रंथ की मन ही मन में रचना कर डाली।

वास्तव में सारे सवालों के जवाब आपके भीतर ही मौजूद हैं। ज़रूरत है, उन्हें दिल की गहराइयों से पूछने की। बाहर से गुरु आकर इसी विश्वास को आपके भीतर

जगाते हैं और विश्वास के प्रगाढ़ होते ही वैसा होने लगता है। अनुभव का ज्ञान बाहर से नहीं, भीतर से ही मिलता है।

इसके बाद शंकर देर रात तक समाधि में बैठे रहे। उधर उनकी माता और करीबी मित्र चिंतित होकर उन्हें ढूँढ़ने निकल पड़े। गाँव में कहीं भी शंकर के दिखाई न देने के कारण वे ऊँची आवाज़ में उसे पुकारने लगे। किंतु बालक शंकर ध्यान में इस तरह मग्न थे कि उन्हें कोई आवाज़ सुनाई नहीं दी। आखिर मध्य रात्रि में सब लोग उस स्थान पर जा पहुँचे, जहाँ शंकर समाधि लगाए बैठे थे। तब जाकर शंकर की समाधि टूटी और माता उन्हें घर ले आईं।

किसी चीज़ को पाने की ललक यदि गहरी होगी तो कुदरत के नियम अनुसार वह चीज़ आप तक अवश्य पहुँचेगी, किसी भी तरह... संसार के किसी भी कोने से...। फिर वह चाहे आत्मानुभव ही क्यों न हो...!!

4

मातृ सेवा-साधना

'जब मन में सत्य जानने की जिज्ञासा पैदा हो जाती है
तब दुनिया की बाहरी चीज़ें अर्थहीन लगती हैं।'

गुरुगृह से लौटने पर शंकर ने घर पर रहते हुए माँ की सेवा करने का व्रत ले लिया था। पिता के गुज़र जाने के कारण वे माँ की ओर विशेष ध्यान दिया करते थे। अनेक प्रकार से माँ की सेवा करके वे उनके सुख और आनंद का साधन बनते थे और इसमें ही अपनी साधना को भी आगे बढ़ा रहे थे।

इंसान के मनमुताबिक सब कुछ होने से उसकी साधना अच्छी चलती है। लेकिन जहाँ वातावरण में कुछ बदलाव आया, आस-पास के लोग बदले तो उसकी शिकायतें शुरू हो जाती हैं। वह उन कारणों को अपनी साधना की बाधा मानता है। लेकिन शंकर ने ऐसा बिलकुल नहीं किया। माँ की इच्छा के खातिर उन्होंने घर पर रहते हुए ही दैनिक कार्यों में साधना को जोड़ दिया। एक सच्चा साधक साधना न करने के बहाने नहीं बनाता बल्कि हर मुश्किल को साधना से जोड़ देता है।

धार्मिक प्रवृत्ति की माँ गाँव के नज़दीक से बहनेवाली पूर्णा नदी में रोज नहाने

के लिए जाया करती थीं। एक दिन की बात है कि माँ नदी में स्नान करने गईं। गर्मी के दिन थे सो सूरज दरियादिली से अपनी किरणें पृथ्वी पर बिखेर रहा था। ऐसे में जब बहुत देर तक माँ नदी से वापस नहीं लौटीं तो शंकर को चिंता सताने लगी। वे नदी की ओर चल पड़े। थोड़ी दूर जाकर देखते क्या हैं कि माँ रास्ते के बीचों-बीच बेहोश पड़ी हैं। माँ की ऐसी हालत देखकर शंकर बहुत बेचैन हो गए। उन्होंने तुरंत माँ को प्राथमिक उपचार देना शुरू किया। कुछ समय उपरांत वे होश में आईं तो माँ का हाथ पकड़कर वे उन्हें धीरे-धीरे घर लेकर आए।

शंकर माँ को घर तो ले आए लेकिन माँ की अस्वस्थता को लेकर उनका मन इतना अधीर हो उठा कि आँसू थमने का नाम ही नहीं ले रहे थे। वे करुण स्वर में ईश्वर को पुकारने लगे, 'हे परमेश्वर... आप तो सर्वज्ञ, सर्वज्ञाता हो... आप जो चाहे वह कर सकते हो... मेरे घर से नदी बहुत दूर है और माँ को रोज़ इतनी दूर स्नान के लिए जाना पड़ता है... मुझसे उनका कष्ट देखा नहीं जाता... अब तुम ही कुछ करो... कृपया नदी को ही मेरे घर के पास ला दो...।' शंकर का तन, मन, ध्यान बस इसी प्रार्थना में विलीन हो गया। दिन-रात वे यही दुआ करते कि नदी, घर के पास से बहने लगे।

माँ शंकर को समझाती, 'अरे पगले, ऐसा भी कभी होता है क्या? नदी कभी अपनी गति बदलती है भला?' परंतु शंकर नहीं माने और लगातार प्रार्थना करते रहे। इसके अतिरिक्त उन्हें और कोई विचार आता ही नहीं था।

भगवान भी सच्चे हृदय से की जानेवाली प्रार्थना को अनसुनी कर सकते हैं भला? फिर क्या था, सूत्र हिले और उस साल की बारिश में ही नदी का गतिपरिवर्तन हो गया। शंकर की प्रार्थना पूर्ण हुई और पूर्णा नदी उनके घर के नज़दीक से होकर गुज़रने लगी। माँ की खुशी का तो कोई ठिकाना ही नहीं रहा। वे लोगों को अभिमान से बतातीं कि 'देखो, मेरे शंकर की शक्ति!! उसकी प्रार्थना से भगवान भी पिघल गए और नदी की दिशा बदल दी।' यह असंभव, असाधारण घटना आस-पास के सारे गाँवों में आग की तरह फैल गई। आए दिन शंकर को देखने के लिए लोगों की भीड़ जमा होने लगी। भक्त के साथ-साथ भक्ति की भी महिमा का प्रचार होने लगा।

बालक शंकर को देख किसी को लग सकता है कि इतनी कम आयु में ज्ञान प्रखर कैसे हो सकता है। साधारणतः इंसान की सोच यही कहती है कि एक लंबे समय

तक तप, ध्यान, ज्ञान अर्जन के बाद ही साधक में चमत्कार की शक्तियाँ दिखाई देती हैं। लेकिन सेल्फ बाल-वृद्ध, राजा-रंक, ब्राह्मण-शूद्र में कोई फर्क नहीं करता। सेल्फ के अभिव्यक्त होने में उम्र कभी आड़े नहीं आती। यह इंसान के सोच की मर्यादा है कि उसके लिए यह विश्वास कर पाना असंभव होता है कि इतनी कम उम्र में कोई स्वबोध अवस्था की ओर आकर्षित हो सकता है।

बालक होने पर भी शंकर कई शास्त्रों में पारंगत थे। बुद्धिमान होने पर भी उनके मन में भावनाओं की गर्माहट मौजूद थी। माँ के कष्ट के सामने उनका दिल पिघल जाता था। प्रखर तर्क शक्ति होने के बावजूद उन्हें एक बार भी शंका नहीं हुई कि नदी अपनी दिशा कैसे बदलेगी! उनका विश्वास अटूट था। उन्हें प्रार्थना की शक्ति का एहसास था। वे जानते थे कि ईश्वर के प्रति विश्वास पहाड़ों को हिला सकता है, नदी की दिशा भी मोड़ सकता है। छोटी सी उम्र में इतने सारे गुणों का होना चेतना की उच्चता का प्रतीक है।

जब भी आप किसी चीज़ की माँग करते हैं तब वह आप तक आने के लिए निकल पड़ती है। प्रार्थना और प्राप्ति के बीच एक समय होता है। महत्वपूर्ण यह है कि आप उस समय को कैसे काटते हैं? डर, आशंका, घबराहट से या इस आत्मविश्वास से कि बस चीज़ आ ही रही है! आपका भाव उस चीज़ को आप तक लाने में बड़ी भूमिका निभाता है। अतः आपको शंकालाल (शकुनी) नहीं, शंकराचार्य बनना है।

बचपन से ही निरासक्त जीवन जीनेवाले शंकर को सांसारिक भोगों का कोई आकर्षण नहीं था। निम्नलिखित घटना उनकी विरक्ति का दर्शन कराती है।

केरल के राजा राजशेखर एक विद्वान राजा थे। वे भक्ति, ज्ञान तथा शास्त्रों का आदर करते थे। छोटी उम्रवाले बालक में ऐसी दैवीय शक्ति की खबर सुनकर वे उससे मिलने के लिए उत्सुक हो उठे। उन्होंने अपने प्रधानमंत्री को शंकर के घर निमंत्रण देने के लिए भेजा और उसे लिवा लाने के लिए साथ में एक हाथी भी भेज दिया। प्रधानमंत्री ने विनम्र होकर शंकर के आगे राजा राजशेखर की इच्छा प्रकट की। इस पर शंकर ने कहा, 'महोदय, भिक्षा ही जिसकी जीविका है, केसरिया चोगा जिसका वस्त्र है, मातृ सेवा, वेदों का अध्ययन-अध्यापन, ध्यान-साधना जिसकी दिनचर्या है, उसे हाथी का क्या काम? कृपा करके आप मेरा संदेश राजा तक पहुँचाएँ कि समाज के चारों वर्ण ब्राह्मण, क्षत्रिय, वैश्य तथा शूद्रों को अपना कर्तव्य निभाने में मदद करें।

लालच देकर उन्हें अपने मार्ग से हटाना राजा को शोभा नहीं देता।'

शंकर के ऐसे व्यवहार से क्रोधित न होते हुए राजा की नज़रों में शंकर के प्रति सम्मान व आदर और भी बढ़ गया। एक दिन वे स्वयं अपने मंत्रियों को लेकर बालक शंकर से मिलने उसके गाँव जा पहुँचे। राजा ने देखा कि बालक शंकर के आस-पास कई ब्राह्मण बैठकर शास्त्रों का अध्ययन कर रहे हैं। राजा को देखते ही शंकर ने राजा का सम्मान करते हुए उन्हें बैठने के लिए कहा।

राजा तो शंकर की विद्वत्ता की परीक्षा लेने आए थे। शंकर के साथ शास्त्रों की चर्चा करके वे शंकर की बुद्धिमत्ता और विचार शक्ति से बहुत प्रभावित हुए। शंकर दैवी गुणों से संपन्न हैं, इस बात पर अब उन्हें ज़रा भी शंका नहीं रही। उन्होंने शंकर को अनेक स्वर्ण मुद्राएँ भेंट में दीं। परंतु शंकर ने नम्रता से इनकार करते हुए राजा से कहा, 'राजन्, मैं तो ब्राह्मण और ब्रह्मचारी हूँ, मेरे लिए ये स्वर्ण मुद्राएँ कोई काम की नहीं हैं। ईश्वर की कृपा से हमारे पास सब भरपूर है।'

धन के प्रति शंकर की अनासक्ति, वैराग्य भाव देखकर राजा और भी प्रभावित हो गए। उन्होंने शंकर से कहा, 'मैं धन्य हो गया परंतु आपको अर्पित किया हुआ धन मैं वापस कैसे ले सकता हूँ? आप ही इसे योग्य लोगों में बाँट दीजिए।' उत्तर में शंकर ने कहा, 'आप देश के राजा हैं। मुझ ब्रह्मचारी की अपेक्षा आप भली-भाँति जानते हैं कि कौन योग्य है और कौन अयोग्य। ब्राह्मण का धर्म है विद्यादान और राजा का कर्म है धनदान। अतः आप ही योग्य लोगों को यह धन दान में दीजिए।'

शंकर के विचारों के आगे राजा ने अपना सिर झुका लिया। वहाँ उपस्थित ब्राह्मणों में राजा ने उस धन का वितरण कर दिया। राजा समझ गए कि शंकर केवल शास्त्र पंडित ही नहीं बल्कि दैवीशक्ति संपन्न असाधारण मानव है। इसके बाद वे निरंतर शंकर के पास उनका संग लाभ लेने तथा उनसे मार्गदर्शन प्राप्त करने के लिए आने लगे।

अब शंकर की ख्याति दूर-दूर तक फैल गई। अनेक स्थानों से लोग शंकर के दर्शन के लिए आने लगे। साथ ही विद्वान ब्राह्मण शंकर के व्याख्यान सुनने आने लगे। एक दिन कुछ पहुँचे हुए ब्राह्मण उनसे मिलने आए। शंकर तथा उनकी माँ ने ब्राह्मणों का उचित आदर सत्कार किया। अनेक धर्म शास्त्रों, वेदों पर परिचर्चा करके उन्होंने शंकर की जनम कुंडली देखने की इच्छा प्रकट की। कुंडली देखकर उन्होंने बताया कि

शंकर के जीवन में प्रगाढ़ ज्ञान के साथ अल्प आयु का योग है।

शंकर की माता को यह बात मालूम थी लेकिन अब तो जैसे उस पर मुहर ही लग गई। ब्राह्मण की बात सुनकर शंकर न ही घबराए, न ही कमज़ोर पड़े बल्कि उनके मन में कुछ और ही विचार चलने लगे। उन्हें अब संन्यास ग्रहण करने की अति आवश्यकता महसूस होने लगी। उन्हें विश्वास था कि संन्यास ग्रहण किए बगैर आत्मज्ञान नहीं होगा और फलतः मुक्ति भी नहीं मिलेगी। अब जब ज़्यादा समय नहीं बचा है तो तत्परता से कार्य आरंभ करना होगा।

जब तक किसी कार्य को करने की अर्जेंसी नहीं लगती तब तक उसके लिए कोई विशेष प्रयास नहीं किए जाते। अतः ऐसी परिस्थिति का आना जिस वजह से तत्परता निर्माण हो, कृपा है। जब तक परीक्षा नहीं आती, विद्यार्थी पढ़ाई नहीं करता... जब तक स्वास्थ्य बिगड़ता नहीं, इंसान नियमित व्यायाम नहीं करता... जब तक दुःख आता नहीं, इंसान मुक्ति का विचार नहीं करता। इस तरह अर्जेंसी आपसे वह कार्य शुरू करवाती है, जिसे करने के लिए शायद आप देर लगा देते।

शंकर ने मृत्यु की भविष्यवाणी को अर्जेंसी मानकर लिया। एक साधारण इंसान ऐसी भविष्यवाणी सुनकर रोते-धोते बैठ सकता है लेकिन शंकर न चिंतित हुए, न ही परेशान बल्कि उन्हें दिखाई दिया कि 'अभी नहीं तो कभी नहीं।' जिस कार्य के लिए वे पृथ्वी पर आए हैं, वह अभी शुरू होना चाहिए।

अंततः मन ही मन उन्होंने संन्यास लेने का दृढ़ संकल्प लिया और मौका देखकर माँ से संन्यास की बात उठाई। इस पर माँ की क्या प्रतिक्रिया थी और किस तरह उनके संकल्प को पूर्ण करने में कुदरत ने उन्हें मदद की, इस रोचक प्रसंग को भी आगे पढ़ लें।

5

अगर-मगर का खेल

कुदरत के नियम

'मंदिर में वही पहुँचता है जो धन्यवाद देने जाता है,
धन्यवाद माँगने नहीं।'

दिन-ब-दिन शंकर के हृदय में संन्यास लेने की इच्छा प्रबल होती जा रही थी। संन्यास लेने का उनका निर्णय अब अटल हो चला था। एक दिन मौका पाकर उन्होंने माँ के सामने अपनी इच्छा प्रकट की।

माँ अपने पुत्र के मुँह से संन्यास लेने की बात सुनकर रोने लगीं। पुत्र का विवाह होगा... घर में बहू आएगी... आँगन में बाल-बच्चे खेलेंगे, इन सब आशाओं पर उन्हें पानी फिरता नज़र आया। अपने सारे सपने टूटते हुए दिखाई दिए। साथ ही उन्हें अपने भविष्य की चिंता सताने लगी। विलाप करते हुए वे शंकर से बोलीं, 'तुम्हारे सिवाय मेरा कौन है? तुम संन्यास ले लोगे तो मैं अकेले कैसे जीऊँगी? तुम्हारे जाने के बाद मेरी देखभाल कौन करेगा? अभी तो तुम बालक हो, अभी तुम्हारी उम्र ही क्या है? मेरे मरने के बाद तुम संन्यास ले लेना। मेरे जीते जी मैं कभी भी तुम्हें संन्यास नहीं लेने दूँगी।'

माता का उत्तर सुनकर शंकर बहुत निराश हुए। दुःख से उनकी आँखें भर आईं। लेकिन माता के आदेश को वे कैसे टाल सकते थे? बस ईश्वर के चरणों में प्रार्थना ही कर सकते थे... और उन्होंने वही किया।

शंकर जानते थे कि वे माँ का एकमात्र सहारा हैं। लेकिन जिस ब्रह्मज्ञान के प्रसार के लिए उनका जन्म हुआ था, संन्यास ग्रहण किए बिना वह कैसे पूरा होगा, यह विचार दिन-रात उनका पीछा करता था। मगर ईश्वरीय इच्छा के आगे व्यक्तिगत इच्छा नहीं टिक पाती, इसका सबूत है उनके जीवन में घटी एक आश्चर्यकारक घटना।

एक दिन सुबह-सुबह शंकर अपनी माँ के साथ नदी पर स्नान करने गए। कुछ देर बाद माँ तो नदी से बाहर आ गईं लेकिन शंकर अभी भी नहा ही रहे थे। तभी माँ को शंकर के चिल्लाने की आवाज़ आई- 'माँ बचाओ... बचाओ...।' माँ ने पलटकर देखा तो उनके होश उड़ गए एक मगरमच्छ ने शंकर को पकड़ रखा था। वहाँ नहाने आए लोगों में से एक ने शंकर का हाथ पकड़कर उसे बाहर निकालने की कोशिश की किंतु मगरमच्छ ने अपनी पकड़ और भी कस दी तथा शंकर को गहरे पानी में खींचना शुरू कर दिया।

शंकर ने खुद भी बहुत हाथ-पैर मारे लेकिन कोई लाभ न हुआ। धीरे-धीरे उनकी शक्ति कमज़ोर पड़ने लगी। आखिर में उन्होंने चिल्लाते हुए माँ से कहा, 'माँ, मगरमच्छ मुझे खींचे चला जा रहा है... लगता है मेरा अंत समय नज़दीक आ गया है...। कम से कम अब तो मुझे संन्यास लेने की अनुमति दीजिए। जब मरना ही है तो क्यों न संन्यास का संकल्प लेकर ही मरूँ! ताकि मेरी कोई भी इच्छा अपूर्ण न रह जाए।'

शंकर की बात में तथ्य था। माँ ने सोचा वैसे भी शंकर की जान खतरे में है तो क्यों न उसकी अंतिम इच्छा पूर्ण कर दूँ। हो सकता है कोई चमत्कार हो जाए और शंकर बच जाए। यदि बचकर संन्यासी भी बने तो कम से कम ज़िंदा तो रहेगा। बड़े कष्ट से ही क्यों न सही आखिर माँ ने शंकर को संन्यास लेने की अनुमति देते हुए कहा, 'वही हो जो तुम चाहते हो।' इतना कहकर वे बेहोश हो गईं। इधर आज्ञा पाते ही शंकर ने मन ही मन अपने इष्ट देव का स्मरण करके मगरमच्छ से मुक्त होने की प्रार्थना की तथा मानसिक संन्यास ले लिया। एक लंबे समय से जो चाहत उन्होंने

रखी थी, वह पूर्ण हुई। उनका हृदय अलौकिक आनंद से भर गया और वे एक दिव्य अनुभूति में डूब गए।

जो लोग शंकर को बचाने की कोशिश कर रहे थे, वे अब भी उसे जान की बाज़ी लगाकर खींच रहे थे। वहीं कुछ दूर मछुआरे मछली पकड़ रहे थे। उन्होंने जब देखा कि मगरमच्छ ने एक इंसान को पकड़ रखा है तो उन्होंने अपना जाल मगरमच्छ के चारों ओर फेंक दिया। अब मगरमच्छ शंकर को छोड़ जाल से निकलने की चेष्टा करने लगा। इस तरह शंकर मगरमच्छ से मुक्त हुआ और मगरमच्छ को मछुआरों ने पकड़ लिया।

होश आने पर माँ शंकर को गोद में उठाने के लिए दौड़ीं। संयोग से उधर से एक वैद्य गुज़र रहे थे। उन्होंने शंकर के ज़ख्मों पर मरहम लगाया और बहते खून को रोक दिया। शंकर को अब थोड़ा ठीक लगने लगा। गाँववालों ने दोनों को घर पहुँचा दिया। इस तरह शंकर के संन्यास लेने की इच्छा, वह भी माँ की अनुमति सहित पूरी हुई।

आइए, अब जानते हैं कि इस कहानी में कौन-कौन से गहरे अर्थ छिपे हैं।

शंकराचार्य के मन में संन्यासी बनने की उत्कट इच्छा थी इसलिए उन्हें संन्यासी बनने का कारण मिल गया। इसके लिए उन्हें कोई पैंतरा नहीं खेलना पड़ा। सहजता से सारा घटनाक्रम खुलता गया। देखिए, कुदरत का कानून है कि जो चीज़ आपकी है, वह आपके पास ही आएगी। जैसे कोई रिश्वत लेनेवाला इंसान यह सोचता है कि यदि वह रिश्वत नहीं लेता तो उसके पास इतने पैसे नहीं आते। जबकि यह धोखा है। आपके पैसे आपके पास आएँगे ही। टेबल के नीचे से नहीं लिए तो टेबल के ऊपर से आएँगे। कुदरत तो किसी न किसी तरीके से देगी ही। इंसान को टेबल के नीचे से लेने की आदत है इसलिए कुदरत वैसे ही देते रहती है। रिश्वत लेनेवाले यह नहीं जानते कि उनके पैसे उनके पास ही आ रहे हैं, अंडर द टेबल लेने की कोई ज़रूरत ही नहीं है।

कुदरत का यह नियम न जानने की वजह से इंसान अपनी उम्मीदों की पूर्ति के लिए गलत काम करता है, लोगों को डाँटता-फटकारता है... रिश्तेदारों को नाराज़ करता है... फिर अपराधबोध पालता है... चिंता करता है... अनेक बीमारियाँ भुगतता है और ये सब किसके लिए? जो उसके पास आने ही वाला था, उसके लिए! हो गई न बड़ी मूर्खता!!

बालक शंकर कुदरत के नियम को जानते थे। माता की अनुमति न होने के बावजूद वे शांतचित्त रहकर उनकी सेवा में लगे रहे और देखते रहे कि कुदरत उनकी इच्छा को कैसे पूर्ण करती है। नदी में मगरमच्छ के द्वारा पकड़े जाने की घटना कुदरत के द्वारा की गई व्यवस्था ही तो थी। यदि वे अपनी माता से लड़-झगड़कर संन्यास लेकर चले भी जाते तो आगे चलकर माँ के क्रोध, दुःख और अपने अपराधबोध से ग्रस्त होकर क्या मुकम्मिल साधना कर पाते? क्या ब्रह्मज्ञान को प्राप्त होकर मठों की स्थापना कर पाते?

इंसान सोचता है कि 'मैंने इतना स्ट्रगल किया, दिक्कतें सहीं, मन्नतें माँगीं तब कहीं जाकर मेरा काम हुआ वरना कभी न होता' लेकिन वह यह नहीं जानता कि केवल प्रार्थना करके, मन को निश्चिंत रखकर उसका काम हो सकता था। सिर्फ उसकी मान्यता के कारण उसे इतना स्ट्रगल करना पड़ा।

यदि आप मानते हैं कि स्वयं का साक्षात्कार शरीर को तपाकर, बहुत कष्ट करके प्राप्त होता है तो वैसा ही होगा वरना तो चलते-चलते (अपने नियत कर्म करते-करते) आत्मसाक्षात्कार हो सकता है। आदि शंकराचार्य को अपने जीवन का लक्ष्य ज्ञात हो चुका था और वे उसके प्रकटीकरण का आश्चर्य मिश्रित आनंद भी ले रहे थे।

इस घटना के और भी पहलू जानने के लिए आगे का अध्याय आपके स्वागत में तैयार है।

6

मानसिक कर्म का रहस्य

सत्य की बस इतनी ही परिभाषा है कि
जो सदा था, सदा है और सदा रहेगा।

शंकराचार्य के बचपन का मगरमच्छ का प्रसंग यह सिखाकर जाता है कि मगरमच्छ के मुँह से कैसे बचना चाहिए। अज्ञानवश इंसान का जीवन अगर और मगर के बीच में फँसा रहता है। उसके बाहर वह निकल ही नहीं पाता। इंसान सोचता है,

'अगर सामनेवाला अच्छा व्यवहार करेगा तो ही मैं उसका काम करूँगा मगर मैं उसका काम समय पर कर दूँ तो कहीं वह यह न समझे कि मैं खाली बैठा हूँ, मुझे कुछ काम ही नहीं है'... 'अगर मुझे अच्छा मुनाफा होगा तो ही मैं दानधर्म करूँगा मगर यदि मैंने दान नहीं दिया तो मेरा रुतबा कम न हो जाए'... 'अगर जीवन इतना दुःखदायी है तो मरना बेहतर है मगर मर जाऊँगा तो परिवार को कौन संभालेगा?'

इस तरह 'अगर-मगर' के खेल में इंसान एक तरफ नहीं हो पाता। उसकी प्रार्थनाएँ दोनों तरफ से चलती रहती हैं, सो फल भी उसे कच्चे-पक्के मिलते रहते हैं। अर्थात कभी मनचाहे तो कभी अनचाहे, कभी लक्ष्य से मेल खाते हुए तो कभी लक्ष्य से दूर करते हुए।

बालक शंकर के मगरमच्छ के मुँह से मुक्त हो जाने के बाद गाँव की पूर्णा नदी में फिर कभी मगरमच्छ दिखाई नहीं दिया। यह बात इस ओर इशारा करती है कि जो लोग एक दिशा में प्रार्थना करते हैं, उनके लिए अनहोनी भी घटती है। केवल सकारात्मक तरीके से ही नहीं बल्कि नकारात्मक तरीके से भी कुदरत मदद करती है।

नदी में नहाते हुए शंकर जब अगर और मगर के बीच फँस गए थे तब उनकी एक तरफा प्रार्थनाओं की वजह से ही उन्हें अपना मनचाहा परिणाम प्राप्त हुआ। इसके लिए उन्हें कोई बनाव-छिपाव नहीं करना पड़ा। इस घटना के दौरान वे जख्मी हुए मगर उसके बदले में उन्हें जो मिला, उसके सामने जख्म कोई मायने नहीं रखता। वह तो मात्र एक खरोंच थी। इससे आपको समझना है कि आपके जीवन में जब कोई नकारात्मक घटना आए तो उसे खरोंच जितनी ही अहमियत देनी है। उस घटना से आगे क्या खुलनेवाला है, इस पर नज़र रखनी है। यदि आप ऐसा कर पाए तो समझें कि आप अगर-मगर के फेर से मुक्त हुए।

तीसरा विकल्प

इस घटना में मगरमच्छ माया का प्रतीक है। माया का मगर किन्हें निगलता है? जो सांसारिक इच्छाओं में लिप्त होकर अपने निर्णय बदलते रहते हैं। ज़ाहिर है संसारी लोगों में मोह और आसक्ति की अधिकता के कारण वे माया का शिकार हो जाते हैं। संन्यासी के लिए आसक्ति में फँसने के बहुत से रास्ते तो खुद-ब-खुद बंद हो जाते हैं। अतः उस काल में सत्य के खोजियों को संन्यास लेने पर ज़ोर दिया गया था। इसे पढ़कर कोई यह न समझ ले कि 'हमारे लिए तो यह संभव नहीं है, हम तो संन्यास लेकर गुरुओं के आश्रम में इधर-उधर भटक नहीं सकते, हमें तो माता-पिता, बीवी-बच्चों के प्रति अपनी ज़िम्मेदारी निभानी है।'

आज स्थिति अलग है। आज लोगों के पास एक विकल्प और है। वह है- तेज संसारी। संसार में रहते हुए भी आज खोजी श्रवण, पठन, मनन, ध्यान कर सकता है। आधुनिक गेजेट्स की सहायता से यह संभव है कि सांसारिक जीवन जीते हुए भी सत्य संघ का लाभ लिया जा सके और साधना जारी रखी जा सके।

आज जब तेजसंसारी की संकल्पना को प्रत्यक्ष में उतारा जा रहा है, ऐसे समय हमें हमेशा याद रखना है कि हम तेज संसारी हैं। वरना तेजसंसारी होकर भी संसारी की

तरह आसक्ति से भरा जीवन जीने का खतरा बना रह सकता है। जैसे प्रेम और मोह दोनों एक दूसरे के डुप्लिकेट लगते हैं, इसी तरह इंसान संसारी और तेजसंसारी में भूल कर सकता है। यह भूल न हो, इसके लिए आदि शंकराचार्य माया से कैसे बच गए, क्यों बच गए, उनके विचारों में क्या बल था, यह समझना ज़रूरी है।

कहानी में जब शंकर ने मानसिक संन्यास लेने की अनुमति माँगी तो इसके पीछे उनकी समझ क्या रही होगी? मानसिक संन्यास का अर्थ है विचारों में संन्यास धारण करना। जैसे, मानस पूजा की जाती है। जिसमें इंसान मन ही मन ईश्वर की मूर्ति को प्रणाम करता है, उस पर चंदन, फूल चढ़ाता है, दीया जलाता है। वास्तविक रूप से वह कुछ भी नहीं करता, केवल मन में ऐसी कल्पना करता है। इसी तरह शंकर ने माँ से कम से कम मानसिक संन्यास लेने की अनुमति माँगी। आदि शंकराचार्य जानते थे कि कोई भी चीज़ विचारों में आने के बाद ही हकीकत में प्रकट होती है। जिसके लिए पहले उसका विचारों में आना ज़रूरी है।

अब किसी को लग सकता है कि विचारों में संन्यास को तो वे पहले भी ला सकते थे। उसके लिए अनुमति माँगने की क्या ज़रूरत? लेकिन यह घटना बालक शंकर के अनुशासित मन का दर्पण है। माँ की इजाज़त के बगैर वे मानसिक संन्यास तक नहीं लेना चाहते थे। उन्हें मालूम था कि मन में किसी कार्य का विचार लाना भी कर्म है और वे माता की आज्ञा के बिना कोई मानसिक कर्म भी नहीं करना चाहते थे। यह थी शंकर के चरित्र की उज्ज्वलता!!

एक अनुशासित इंसान को जब तक कर्म की स्पष्टता नहीं होती, तब तक वह मानसिक रूप से भी उस दिशा में सोचने का कर्म नहीं करता। क्योंकि वह जानता है कि विचार ही आगे चलकर वजूद में आते हैं। जब उसे अपने लक्ष्य की स्पष्टता होती है, तब वह उससे संबंधित विचार मन में लाता है, जो उसे अपने लक्ष्य के करीब ले जाने में मदद करते हैं।

जैसे आपका लक्ष्य है, डॉक्टर बनना तो आप उससे मेल खाते विचारों को ही मन में आने दें। वरना इंसान को बनना तो है डॉक्टर और सोच रहा है कि 'मैं ऐसा होटल खोलूँगा जिसमें बहुत लज़ीज़ खाना मिलेगा' या सोच रहा है कि 'मैं दुनिया के सबसे बड़े कसीनो में जुआ खेल रहा हूँ और जीत रहा हूँ।' अब देखिए, उसे खयाल तक नहीं कि ऐसी सोच उसके लक्ष्य से मेल नहीं खाती। इस तरह के बेमेल मानसिक

कर्म करने से ही कुछ अनचाही बातें जीवन में प्रकट होने लगती हैं, जिससे इंसान कन्फ्यूज़ हो जाता है।

मनन दिशा

मनन करें कि तेज संसारी का जीवन जीना यदि आपका लक्ष्य है तो आपके मानसिक कर्म कैसे होने चाहिए? आपको किन विचारों को अपने अंदर प्रवेश करने की अनुमति देनी है? एक संन्यासी तो संसार से पूरी तरह से कटकर खुद को संतुलित रख पाता है। स्वाभाविक है कि रिश्ते-नाते, मनोरंजन के अलग-अलग साधन, कंचन-कामिनी, दौलत-शोहरत आदि मोहजाल उससे दूर रहते हैं। लेकिन एक तेज संसारी, संसार में रहते हुए संन्यास जीवन का लाभ भी ले सकता है और सांसारिक जीवन का उपभोग करते हुए उनसे अलिप्त भी रह सकता है। बशर्ते कि वह सांसारिक जीवन के माया (मगर) को सीढ़ी बनाना सीख जाए। अतः तेजसंसारी बनने के लिए पहले तो उस दिशा में मानसिक कर्म शुरू करने चाहिए।

जैसे- यह विचार पक्का करें कि 'सांसारिक जीवन में जो सुख-दुःख, मोह, ईर्ष्या, तुलना, लोभ, वासना का अनुभव होगा, वह मुझे ब्रह्मज्ञान दिलाने के लिए निमित्त बनेगा। सारी सृष्टि यदि मुझे आत्मसाक्षात्कार दिलाने में लगी है तो मैं क्या कर रहा हूँ? क्या मैं उन भाव-भावनाओं, रिश्तेदारों, पड़ोसियों, दोस्तों का उपयोग स्वयं को जानने के लिए कर रहा हूँ या उनमें लिप्त होकर मन की अशुद्धियों की परत को मोटा करता जा रहा हूँ? मेरे आस-पास जो भी चल रहा है, वह मेरी साधना का संसाधन है। फिर चाहे वह माँ हो, पत्नी हो, भाई-बहन हों, बच्चे हों। मुझे सब में रहते हुए भी नहीं रहना है। अगर-मगर के खेल को देखते हुए भी उसमें नहीं अटकना है।'

नए जनम की घोषणा

कहानी का एक पहलू इस तरह भी है कि जब भी इंसान किसी बड़े खतरे में पड़ता है- जैसे किसी बीमारी, जानलेवा ऍक्सीडेंट, धन संबधी कोई विपत्ति तो वह प्रार्थना करता है कि 'हे ईश्वर इससे यदि मैं छूट गया तो गरीबों में दान करूँगा, मंदिर बनवाऊँगा, अस्पताल खुलवाऊँगा, धरमशाला बनवाऊँगा' आदि। अर्थात उसके विचारों में निर्माण की बातें आने लगती हैं और कुदरत फिर उसे उस दिशा में मदद करती है।

इसी तरह शंकर जब मगरमच्छ के मुँह में फँसे पड़े थे, उनकी मृत्यु लगभग निश्चित थी तब उन्होंने संन्यास लेने की अनुमति माँगी ताकि उनका दूसरा जनम हो सके। यहाँ दूसरे जनम का अर्थ है पहले की वृत्तियाँ, संस्कार, आदतों का समाप्त होना और एक नयी विचारधारा का जन्म होना।

जब मृत्यु निश्चित तौर पर दिखाई देती है तब इंसान कह पाता है कि 'अब वह बनकर नहीं जीएँगे जो पहले थे बल्कि एक नयी सोच के साथ जीवन जीएँगे।' ऐसे में जब वह नए जनम की घोषणा करता है तब कुदरत से नया प्रतिसाद आ सकता है। यदि इंसान पुरानी आदतों के साथ जीना चाहता है तो उसके साथ अब तक जो चल रहा था, वही चलेगा। माया का मगरमच्छ उसे खा लेगा लेकिन अगर उसकी सोच में नव निर्माण आएगा तो वह मगरमच्छ की पकड़ से छूट सकता है।

आदि शंकराचार्य के जीवन के इस प्रसंग से आपके विचारों में क्या परिवर्तन आया, उस पर कुछ देर मनन करें, फिर अगले अध्याय की ओर बढ़ें।

7

संन्यास जीवन का आरंभ

धर्म की किताब पढ़ने का उस वक्त तक कोई मतलब नहीं,
जब तक आप सच का पता न लगा पाएँ,
उसी तरह से अगर आप सच जानते हैं तो
धर्मग्रंथ पढ़ने की कोई ज़रूरत नहीं,
सत्य की राह पर चलें।

माँ से संन्यास की अनुमति मिलने के बाद बालक शंकर घर छोड़कर जाने की तैयारी करने लगे। उन्होंने नज़दीकी लोगों को बुलाकर उनसे माँ की देखभाल करने की विनति की। मुश्किल से ही सही लेकिन वे लोग मान गए। पुत्र वियोग को इतने करीब देखकर माँ एक बार फिर पागलों की तरह विलाप करने लगीं। वे अपनी दी हुई अनुमति को भूलकर अपना दुःखड़ा रोने लगीं। भरे गले से वे बोलीं, 'तुम चले जाओगे तो मेरा भरण-पोषण कौन करेगा...? मुझे तीर्थ यात्रा कौन करवाएगा...? अंत समय में मेरी देखभाल कौन करेगा...? मेरे मरने के बाद कौन मुझे अग्नि देगा...? तुम मुझे छोड़कर कैसे जा सकते हो?'

यहाँ मनन करने योग्य बिंदु यह है कि मुश्किल की घड़ी में इंसान मन्नतें माँगता है, प्रतिज्ञाएँ करता है, लोक कल्याण की बातें करता है लेकिन विपत्ति टलने के बाद वह भूल जाता है कि उसने क्या संकल्प लिया था। वह सिर्फ अपने स्वार्थ के लिए जीता है, अपनी सुरक्षा चाहता है और प्रेम तथा आसक्ति में फर्क नहीं कर पाता। शंकर

की माँ के साथ भी यही हुआ। यह मनुष्य की कमज़ोरी है। इससे आपको बचना है। मन की शुद्धता के लिए भाव, विचार, वाणी और क्रिया में तालमेल होना ज़रूरी है।

इधर माँ का बिलखना देखकर शंकर भी उदास हो गए। खिन्न मन से उन्होंने माँ से कहा, 'मुझे पूरी सहानुभूति है कि मेरे जाने के बाद तुम्हें अकेले ही दिन काटने होंगे। तुमने ही मुझे जन्म देकर बड़ा किया है। माँ की महिमा तो ईश्वर से भी बढ़कर है। पर क्या करूँ, सभी घटनाएँ ईश्वर के संकेत अनुसार ही घटती हैं। इसी समझ के साथ तुम मुझे विदा करो। मेरे प्राणों की रक्षा के लिए हमने ईश्वर को वचन दिया है, उसे तोड़ना उचित नहीं होगा। यदि हम अपनी प्रतिज्ञा भंग करेंगे तो कोई विकट परिस्थिति आ सकती है। अतः ईश्वर की आज्ञा का पालन करना ही श्रेष्ठ है। अब तुम ही बताओ माँ, संन्यास लेने की प्रतिज्ञा को मैं कैसे तोड़ूँ?'

आगे शंकर माँ से बोले, 'रही आपके अंतिम संस्कार की बात। इसकी तुम चिंता मत करना। संन्यास लेकर मैं ब्रह्मज्ञान की प्राप्ति करूँगा। अंत समय में आप मुझे स्मरण भर कर लेना, मैं जहाँ कहीं भी रहूँगा, अपने योगबल द्वारा आपके पास ज़रूर पहुँच जाऊँगा और मृत्यु पूर्व आपको ईश्वर दर्शन भी कराऊँगा। यही तो सच्ची तीर्थ यात्रा है। मैं सौगंध खाकर कहता हूँ माँ कि मैं सत्य बोल रहा हूँ। आप धीरज़ रखें और प्रसन्नता से मुझे आशीर्वाद दें ताकि मेरा संन्यास ग्रहण सार्थक व सफल हो।'

यहाँ बालक शंकर के चरित्र की दृढ़ता दिखाई देती है। माँ से बेहद लगाव होने के बाद भी भावनाओं के परे जाकर, सत्य प्राप्ति को उन्होंने सबसे ऊपर रखा था। वे जानते थे कि यही उनके जीवन का प्रयोजन है। एक साधक को अपना लक्ष्य प्राप्त करने के लिए बुद्धि और भावना के बीच एक फाइन बॅलेन्स बनाकर रखना पड़ता है। न ज़्यादा इधर, न ज़्यादा उधर। कब इच्छा रखनी है और कब त्यागनी है, इसमें संतुलन स्थापित करने से ही ईश्वरीय इच्छा पूर्ण होती है।

शंकर के द्वारा दिए गए आश्वासन को सुनकर माँ कुछ संभलीं। वे सोचने लगीं कि प्रतिज्ञा भंग करने से सचमुच कोई अनिष्ट न हो जाए। अपने वचन से पीछे हटने से अब तक किया गया पूजा-पाठ, जप-तप सब नष्ट हो जाएगा। शंकर को विदा करने में ही सबकी भलाई है। शंकर के जन्म का किस्सा याद करके उसकी दिव्यता को समझते हुए, उन्होंने शंकर को हृदय से आशीर्वाद दिया और उसकी कार्यसिद्धि की कामना की। इस तरह वे शंकराचार्य के महान कार्य में सहयोगी बनीं।

जब इंसान को अपना लक्ष्य बिलकुल स्पष्ट होता है तो दृढ़ता खुद-ब-खुद आती है। और यदि एक इंसान दृढ़ हो तो सामनेवाले में वह पास ऑन होती ही है। यही वजह थी कि शंकर के संकल्प के आगे सेल्फ का पलड़ा, ममता के पलड़े से भारी पड़ गया।

बचपन में गुरुगृह में अध्ययन के समय शंकर ने अपने गुरु के मुख से सुना था कि स्वयं पतंजली भगवान नर्मदा नदी के किनारे एक गुफा में हज़ारों वर्षों से समाधि लगाए बैठे हैं। गोविंदपाद के नाम से आज भी वे प्रसिद्ध हैं। गुरु के मुख से महायोगी, तत्वज्ञ गोविंदपाद की कथा सुनकर शंकर ने मन ही मन गोविंदपाद को अपना गुरु मान लिया। वे यह मानसिक दृश्य देखते कि गुरु चरणों में बैठकर वे परम ज्ञान हासिल कर रहे हैं। अब प्रतीक्षा थी इस दृश्य के प्रत्यक्ष में उतरने की। इतने दिनों बाद वह शुभ घड़ी आ पहुँची थी, जब वे अपने गुरु की खोज में निकल सकें।

जब इंसान शिद्दत से किसी बात की चाहना करता है तो वह दिन-रात उसी के बारे में सोचता है। उसके विचार फिर उस चाहना को प्रत्यक्ष रूप देते हैं और एक दिन वह प्रकट हो जाती है। गुरु चरणों में बैठकर परम ज्ञान प्राप्त करने का सपना वे बचपन से देखते आ रहे थे और उसकी तीव्रता इतनी थी कि जल्द ही उनकी इच्छा पूरी होने जा रही थी।

माँ और ग्रामवासी शंकर को गाँव की सीमा तक छोड़ने आए। सीमा पर माँ ने शंकर को रोकने के अंतिम प्रयास हेतु कहा, 'बेटा यहीं पर तुम एक कुटिया बनाकर रहो। साधना करो, तपस्या करो, गाँव छोड़कर जाने की क्या ज़रूरत?' गाँववासियों ने भी उनसे रुक जाने का अनुरोध किया। परंतु शंकर का निर्णय अटल था।

देखिए, सीमा रेखा एक महत्वपूर्ण रेखा होती है, जहाँ से इस पार या उस पार का निर्णय लिया जाता है। जब तक निर्णय न लिया जाए, इंसान बीच में टँगा रहता है और आगे की सारी संभावनाएँ रुकी रहती हैं। आपके जीवन में यदि ऐसी स्थिति है तो जल्द से जल्द एक साइड होकर, अपनी संभावनाओं को खुलने का मौका दें।

अंत में सभी को धीरज बँधाकर, माँ को प्रणाम करके शंकर उत्तर दिशा में नर्मदा नदी की ओर चल पड़े। उस अद्वैत ब्रह्मज्ञान का अनुभव करने के लिए जो युगों-युगों से अनुभव किया जा रहा है... किसी व्यक्ति (अहंकार) के द्वारा नहीं बल्कि व्यक्ति के हटने के बाद...।

खण्ड 2
ज्ञान प्राप्ति काल

8

गुरु और गुरु की तलाश में

मोह से भरा हुआ इंसान एक सपने की तरह है,
यह तब तक ही सच लगता है, जब तक आप अज्ञान
की नींद में सो रहे होते हैं। जब नींद खुलती है तो
इसकी कोई सत्ता नहीं रह जाती है।

नर्मदा नदी तक पहुँचने का निश्चित मार्ग कौन सा है? कौन उन्हें बताएगा कि पहुँचने में कितने दिन लगेंगे? शंकर को कुछ भी पता नहीं था। ऐसी अनिश्चितता से भरी यात्रा में एक आठ साल का बच्चा सभी भौतिक एवं सांसारिक सुखों को छोड़कर अकेला निकल पड़ा, स्वयं को जानने के लिए... आत्मसाक्षात्कार पाने के लिए...।

मार्ग में जो भी इस तेजस्वी संन्यासी बालक को देखता, आश्चर्य से अवाक रह जाता। बालक के प्रति लोगों की उत्सुकता एवं स्नेह छिपा न रहता। परंतु शंकर किसी तरफ ध्यान न देते। मन में अपने गुरु की छवि बसाकर बस सीधे चलते चले जा रहे थे। सुबह-सुबह वे अपनी यात्रा शुरू करते, दोपहर को जहाँ पहुँचते, वहीं भीक्षा माँगकर पेट भरते, किसी वृक्ष के नीचे थोड़ा विश्राम करते, फिर आगे बढ़ जाते। रात का समय किसी मंदिर या धर्मशाला में गुज़ार देते थे। इस तरह अनगिनत गाँव, शहर, प्रांत, पर्वत, नदी-नाले, जंगली जानवरों से भरे जंगलों से गुज़रते हुए शंकर अज्ञात मार्ग से अज्ञात लक्ष्य की ओर बढ़ते जा रहे थे।

यहाँ शंकर की दृढ़ता और साहस का परिचय मिलता है। न जंगली जानवरों का डर, न भूख-प्यास की चिंता और न ही सिर पर छत की आवश्यकता। सत्य की लगन में मगन शंकर शरीर की सभी ज़रूरतों से पार हो गए।

रास्ते में वे जिनसे भी मिलते, उनसे गुरु गोविंदपाद की खबर पूछते। एक लंबे समय तकरीबन दो महीने बाद वे नर्मदा के किनारे ओंकारनाथ में पहुँचे। वहाँ एक गुफा के बाहर उन्हें कुछ वृद्ध संन्यासी दिखाई दिए। उनके पास जाकर शंकर ने गुरु गोविंदपाद के बारे में जानने की जिज्ञासा प्रकट की। शंकर ने उन्हें अपना परिचय दिया तो वे सब आश्चर्य में पड़ गए। कहाँ केरल और कहाँ ओंकारनाथ! यह बालक गुरु की तलाश में कैसे इतनी दूर से अकेला चला आया? उन्होंने पाया कि बालक भाषा में प्रवीण होने के साथ-साथ शास्त्रों में भी पारंगत है तो उनकी खुशी का ठिकाना न रहा। एक संन्यासी ने उन्हें गुरु गोविंदपाद की जानकारी देते हुए कहा, 'इस गुफा के भीतर गुरु गोविंदपाद समाधि में बैठे हैं। भीतर जाकर तुम उनका दर्शन कर सकते हो।

भीतर ध्यानस्थ बैठे गुरु गोविंदपाद को देखकर शंकर का हृदय एक दिव्य अनुभूति से भर गया। मन के सारे विचार, भाव-भावनाएँ उस अनुभूति में बह गए। भक्ति के आँसुओं में भीगकर मन शुद्ध-शांत हो गया। हाथ जोड़कर वे गुरु की सराहना करने लगे, 'आपकी महिमा अनंत है... आप ज्ञान के प्यासों को परमज्ञान देने के लिए पृथ्वी पर आए हैं... मैं इसी आशा से आपके आश्रय में आया हूँ... कृपया मेरी विनती स्वीकार करें...।'

कहते हैं, गोविंदपाद की समाधि की अवस्था, बाल संन्यासी के हृदय से निकली प्रार्थना से टूट गई। 'माँग और पूर्ति' वाला कुदरत का सिद्धांत यहाँ भी बराबर काम कर रहा था। उन्होंने अपनी अंतर्दृष्टि से बालक शंकर की अलौकिकता को भाँप लिया। फिर भी परीक्षा लिए बिना वे किसी को भी शिष्य नहीं बनाते थे। वे पहले सामनेवाले की बुद्धि, समझ, आचार-विचार परख लिया करते थे। शंकर ने जब उनसे शिष्य बनने की अभिलाषा प्रकट की तो पहले उन्होंने शंकर का सिर से पाँव तक निरीक्षण किया। शंकर में उन्हें एक असाधारण चमक दिखाई दी, उसमें उन्हें एक महापुरुष होने का बीज दिखाई दिया, जो आगे विकसित होकर पृथ्वी तल पर असाधारण कार्य संपन्न करेगा।

गुरु गोविंदपाद ने पहले शंकर से उसकी शिक्षा से संबंधित सवाल किए।

साधारण प्रश्न पूछते-पूछते वे कठिन दर्शनशास्त्र तक पहुँच गए। उन्होंने शंकर से पूछा, 'तुम कौन हो?' बारह साल के शंकर का जवाब था, 'मैं न पृथ्वी हूँ, न ही जल हूँ... न अग्नि हूँ, न ही वायु हूँ... न आकाश हूँ, न ही इनके गुण हूँ... इन सबके पार जो है, वह मैं हूँ...।' संक्षेप में कहें तो उनके कहने का सार यह था कि 'मैं शरीर नहीं हूँ। शरीर तो पंच तत्वों से बना हुआ है। मैं न तो ये तत्व हूँ, ना उनके गुण हूँ, ना ही इंद्रियाँ हूँ।' अब तक उन्होंने जो अभ्यास किया था, उस आधार पर सहज ही उनके मुख से ये उत्तर निकल रहे थे। गुरु गोविंदपाद जानते थे कि मुँह से निकले शब्द और अनुभव के बोल में फर्क होता है। सत्य की साधना करनेवाले खोजी के मुँह से ऐसे जवाब सहज ही निकल सकते हैं क्योंकि उसने ग्रंथों में यही पढ़ा होता है। इसीलिए शंकर का जवाब सुनकर गुरु गोविंदपाद ने यह नहीं कहा कि 'अब तुम्हें गुरु की कोई ज़रूरत नहीं है' बल्कि वे समझ गए कि शिष्य ने कुछ तैयारी की है, सत्य ग्रहण करने की पात्रता बढ़ाई है।

इधर भीतर से इतने उच्च जवाब निकलने के बाद भी शंकर गुरु की तलाश कर रहे थे। वे कतई इस गलतफहमी में नहीं थे कि 'मुझे ज्ञान है, मुझे सब मालूम है, मुझसे बातचीत में कोई जीत नहीं सकता, सो अब मुझे गुरु की क्या ज़रूरत!'

कुछ लोगों के साथ यह खतरा होता है कि ज्ञान की चर्चा-परिचर्चा में जब उन्हें कोई हरा नहीं पाता तो उन्हें लगता है कि वे परमज्ञानी हो गए हैं। ऐसे में वे गुरु की तलाश बंद कर देते हैं। यदि पहले ही उनका कोई गुरु हो तो वे गुरु की आज्ञा में रहना बंद कर देते हैं। अतः एक साधक को ऐसी गलतियों से बचना चाहिए।

बालक शंकर को सत्य जानने की प्यास थी। शास्त्रों के अध्ययन से 'मैं कौन हूँ' का जवाब जानकर भी वे यह कहकर नहीं रुके कि 'अब मैं सब जान गया हूँ' क्योंकि अनुभव से इंसान जान रहा होता है कि उसमें क्या कमी है, उसे कैसी असंतुष्टि महसूस हो रही है। इसलिए गुरु करना ज़रूरी है, उनकी आज्ञा में रहना ज़रूरी है। शंकर को भी अपनी अपूर्णता का ज्ञान था इसलिए वे गुरु से ज्ञान ले पाए।

खैर... शंकर ने उनके प्रश्नों के इतने स्पष्ट और विस्तार से उत्तर दिए कि वहाँ बैठे शिष्य आवाक रह गए। वास्तव में बचपन से ही शंकर जिस गति से शिक्षा ग्रहण कर रहे थे, उसे देख लोग उन्हें अवतार मानने लगे थे। उसी समय शंकर ने अनेक शास्त्रों को पढ़ डाला था। इसीलिए आज दार्शनिक प्रश्न उठाने पर उनके सटीक

जवाब देकर उन्होंने सबको चकित कर दिया।

गुरु गोविंदपाद ने शंकर के ज्ञान और बुद्धि से संतुष्ट होकर उनको शिष्य बनाना स्वीकार कर लिया। शंकर उनके आश्रम में रहकर वेद, वेदांत, दर्शन और स्मृति आदि शास्त्रों का अध्ययन करने लगे।

भारत के बाहर देश-विदेश से अनेक पंडित, विद्वान गुरु गोविंदपाद से तर्क-वितर्क करने आते तो वे शंकर को उनके सामने कर देते। शंकर अपनी बुद्धिमत्ता व अचूक तर्क से उन्हें हरा देते। परंतु उनके मन में सदा नम्रता का भाव बना रहता। क्रोध, अहंकार, सामनेवाले को नीचा दिखाने का दुर्भाव उनसे कोसों दूर था। इससे तर्क करने आए विद्वान भी प्रसन्न होते और संतुष्ट होकर वापस जाते। गोविंदपाद भी ऐसे सुयोग्य शिष्य को पाकर धन्य-धन्य हो गए।

शंकर को गुरु गोविंदपाद ऐसे मिले, जैसे रास्ते को मंज़िल मिल गई हो। जो रास्ता मीलों से भटक रहा था, आखिर उसे मंज़िल मिली अर्थात तलाश खत्म हुई। वह कृतार्थ हुआ और अभिव्यक्ति का रास्ता खुल गया। लेकिन गुरु गोविंदपाद को शंकर जैसा शिष्य मिलना मंज़िल को रास्ता मिलने जैसा है। अर्थात मंज़िल भी खुश थी कि उसे शंकर जैसा सुयोग्य रास्ता मिला, जो आगे चलकर औरों के लिए मंज़िल बना।

9

गुरु से ज्ञान प्राप्ति और ज्ञान से योग बल प्राप्ति

जिस तरह प्रज्ज्वलित दीपक को चमकने के लिए दूसरे दीपक की ज़रूरत नहीं होती, उसी तरह आत्मा (सेल्फ) जो खुद ज्ञान स्वरूप है, उसे किसी और ज्ञान की आवश्यकता नहीं होती है, अपने खुद के ज्ञान के लिए।

बात उस समय की है जब बौद्ध धर्म अपने उच्च सिद्धांतों से गिरकर पतन की ओर निकल पड़ा था। भगवान बुद्ध की मूल शिक्षाओं को छोड़कर लोग सत्य से दूर हो गए थे। त्याग, अहिंसा, प्रेम जैसे ईश्वरीय गुणों को भुलाकर, बाहरी आडम्बर में उलझ गए थे। ठीक इसी समय पंडित गौड़पाद व अन्य प्रतिभाशाली पुरुषों ने मिलकर समाज में शुद्ध ब्रह्मज्ञान फैलाने की ज़िम्मेदारी उठाई। पंडित गौड़पाद, गुरु गोविंदपाद के शिक्षागुरु थे। अतः गुरु गोविंदपाद भी अपने गुरु का अनुसरण कर इस महान कार्य से जुड़ गए।

पंडित गौड़पाद कभी-कभी अपने शिष्य के द्वारा चलाए जानेवाले आश्रम में जाकर वहाँ अध्ययन करनेवाले छात्रों के पठन, मनन, चर्चा का अवलोकन करते थे। ऐसे ही एक बार आश्रम में उनकी नज़र शंकर पर पड़ी। शंकर की अद्‌भुत प्रतिभा व अलौकिक ग्रहणशीलता को देखकर वे प्रसन्न हो गए। अपने शिष्य के

आश्रम में ऐसे गुणी और योग्य शिष्य को पाकर उनका उत्साह दुगना हो गया। उन्होंने अपने शिष्य गोविंदपाद से कहा, 'यह असाधारण बालक निश्चित ही निकट भविष्य में वैदिक ज्ञान का प्रसार कर, हमारे उद्देश्य की पूर्ति करेगा। इसे तुम विशेष ध्यान देकर प्रशिक्षित करो।'

अब गुरु गोविंदपाद बालक शंकर को और भी ध्यान देकर पढ़ाने लगे। हठयोग, राजयोग, ज्ञानयोग सभी में उन्होंने शंकर को सिद्ध किया। बचपन से ही शंकर संसार से विरक्त थे। संन्यास ग्रहण करने की प्रबल इच्छा ही उन्हें यहाँ तक लाई थी। अतः शंकर को उपयुक्त पात्र समझकर गुरु गोविंदपाद ने उन्हें संन्यास धर्म में दीक्षित किया। शंकर का नाम बदलकर उन्होंने शंकराचार्य रख दिया। आगे चलकर वे इसी नाम से विख्यात हुए। धीरे-धीरे गोविंदपाद ने शंकर को आश्रम के कुछ शिष्यों को पढ़ाने की ज़िम्मेदारी भी सौंप दी।

एक दिन गुरु गोविंदपाद समाधि लगा रहे थे। आश्रम के पास ही नर्मदा नदी पूरे जोरों पर बह रही थी। नदी का बहाव अपने चरम पर था। पानी की कल-कल से सारा आश्रम गूँज रहा था। शांति का नामोनिशान नहीं था। इस वजह से गुरु गोविंदपाद को समाधि लगाने में दिक्कत हो रही थी। गुरु की बेचैनी देखकर शंकर क्रोधित हो गए। वे नदी के उफान को रोकने का उपाय सोचने लगे। मन ही मन नदी के जल को संदेश देने के बाद भी जब नदी का वेग कम नहीं हुआ तो उन्होंने ऊँची आवाज़ में घोषणा की 'मैं निश्चित ही इस बावली नदी की प्रबलता को रोकूँगा, जिसके जल की गर्जना से मेरे गुरु को कष्ट हो रहा है।'

इसे ऐसे समझें कि शब्दों में अपार शक्ति होती है और जब हम अपनी सारी ऊर्जा शब्दों पर केंद्रित करते हैं तो शब्दों की शक्ति सक्रिय हो उठती है। फिर वही घटने लगता है, जो हम कहते हैं। इसके लिए निरंतर अभ्यास की ज़रूरत होती है। जिसमें शंकराचार्य ने कभी कमी नहीं की।

फिर शंकराचार्य एक खाली बर्तन लेकर आश्रम से बाहर निकले। नदी के किनारे जाकर उन्होंने बर्तन में पानी भरकर जल प्रार्थना करते हुए नदी से कहा, 'कृपया मेरे गुरु को समाधिस्थ होने में मदद करो... अपनी जलधारा को संतुलित

करो... जब तक मैं इस बर्तन के पानी को पुनः तुममें न डाल दूँ, तब तक तुम शांत और सौम्य बने रहना...' और कैसा आश्चर्य घटा कि.... शंकर के योगबल के प्रभाव से बलखाती नदी सरल, सीधी हो गई, उसकी कलकल शांत हो गई। जैसे कोई भक्त प्रभु की आज्ञा पाने पर खड़ा हो जाता है, वैसे ही शंकर के आवेग के सामने नदी का वेग थम गया। इधर आश्रम में भी शांति छा गई।

गुरु गोविंदपाद इस अद्‌भुत लीला को देखकर चकित रह गए। वे जानते थे कि यह योग सिद्ध शंकर की माया है। गोविंदपाद पहले से ही शंकर के योगबल को पहचानते थे लेकिन आज उसकी प्रत्यक्ष महिमा देखकर वे बेहद प्रसन्न हुए। उन्होंने शंकर के सिर पर हाथ रख, आशीर्वाद देते हुए कहा, 'जिस तरह तुमने वेगवती नर्मदा को शांत कर दिया, उसी तरह एक दिन तुम व्यास रचित ब्रह्मसूत्र पर भाष्य रचना कर, समाज में फैले आध्यात्मिक अज्ञान को शांत करोगे।'

आगे गोविंदपाद ने शंकर को लेखन का कार्य सौंपा। उस समय जो धार्मिक ग्रंथ प्रसिद्ध थे, उस पर शंकर को भाष्य करने को कहा गया। ये ग्रंथ तत्त्वज्ञान का निचोड़ थे। अर्थात सार रूप में लिखे हुए थे। अतः इन्हें सरल बनाकर विस्तार से लिखने का कार्य शंकर को दिया गया ताकि साधारण इंसान भी इनका लाभ उठा सके।

शंकराचार्य को कैसी अनमोल सेवा मिली! ग्रंथों को सरल करके लिखने में उनका स्वयं का कितना मनन, मंथन, आत्मावलोकन, आत्मपरीक्षण और ज्ञान का अंतग्रहण हुआ होगा। यह उनके आगे के जीवन की तैयारी थी। इस कार्य से ज्ञान की स्पष्टता और भी प्रखर हुई।

आप अगर किसी सेवा कार्य से जुड़े हैं तो क्या आप सेवा का पूरा लाभ उठा रहे हैं? क्या उससे आप स्वयं को और बेहतर पहचान पा रहे हैं? अपने मूल स्वरूप के निकट जा पा रहे हैं?

एक बार शंकराचार्य अपने शिष्यों को साथ लेकर एक गाँव में पहुँचे। प्रभाकर नामक एक गरीब ब्राह्मण उन्हें अपने घर बुलाना चाहता था। शंकराचार्य गरीब ब्राह्मणों का आमंत्रण ही स्वीकार करते थे। अतः उन्होंने प्रभाकर की बात मान ली।

प्रभाकर एक निष्ठावान तथा विद्वान पंडित था। शंकराचार्य को महात्मा जानकर उसने दिल से उनका आदर-आतिथ्य किया। इस गरीब ब्राह्मण के भक्तिभाव व कर्तव्य पालन से शंकराचार्य बहुत प्रसन्न हुए। पंडित प्रभाकर का एक मतिमंद बेटा था। वह न तो ठीक से बोल पाता था, न ही सुन पाता था। प्रभाकर ने शंकराचार्य से अपने बेटे की मतिमंदता दूर करने की विनति की। चूँकि शंकराचार्य ब्राह्मण के आचार-व्यवहार से बहुत संतुष्ट थे, अतः मन ही मन भगवान का ध्यान कर उन्होंने ब्राह्मण पुत्र पर शुद्ध जल का छिड़काव किया। शंकराचार्य के योगबल के प्रभाव से क्षणभर में ही उसकी जड़ता दूर हो गई। वह सब कुछ सुनने और बोलने लगा। इस कृपा की कृतज्ञता जताने के लिए प्रभाकर ने अपने बेटे को शंकराचार्य के चरणों में अर्पित कर दिया। शंकराचार्य के आशीर्वाद से प्रभाकर के बेटे ने भरपूर स्वास्थ्य लाभ प्राप्त किया तथा आगे चलकर वह शंकराचार्य का अनुयायी बना। उसने शंकराचार्य के द्वारा परम ज्ञान हासिल किया। शंकराचार्य ने उसका नाम 'हस्तामलक' रखा और बाद में उसे संन्यास की दीक्षा दी। प्रसिद्ध ग्रंथ 'हस्तामलक' इसी ब्राह्मण बालक की रची पुस्तक है।

उपरोक्त घटनाओं में स्पष्ट रूप से दर्शन होते हैं कि कुदरत कैसे अपनी लीला को आगे बढ़ाती है। शंकराचार्य के माध्यम से सेल्फ (ईश्वर) अपनी सर्वोच्च अभिव्यक्ति कर रहा था। ऐसे में प्रभाकर का शंकराचार्य को घर में बुलाना, उसके बेटे का ठीक हो जाना तथा फिर बेटे को समर्पित कर देना लीला का ही भाग है। शंकराचार्य के ज़रिए जिस अद्वैत ज्ञान को फैलाया जानेवाला था, उसके लिए उन्हें कई हाथों की ज़रूरत थी। जो इस तरह पूर्ण हो रही थी। आत्मसाक्षात्कार के स्वामी को चारों ओर से कुदरत मदद कर रही थी।

आप अपने जीवन में भी झाँककर देखें कि सेल्फ कैसे आपको मदद कर रहा है। अपने विचार और घटनाओं की लिंक लगाएँ तो यह रहस्य खुल पाएगा। फिर आप आश्वस्त होकर जी पाएँगे कि कोई है जो प्रतिक्षण हमारा खयाल रख रहा है। इस समझ से आपके द्वारा जो कार्य होंगे, वे हर शंका से मुक्त, खुलकर और खिलकर होंगे।

आश्रम की शिक्षा समाप्त कर शंकराचार्य को गोविंदपाद ने स्नातक की पदवी प्रदान की तथा देशभर में वैदिक धर्म के प्रचार की आज्ञा दी। शंकराचार्य ने गुरु आदेश का पालन करते हुए आश्रम से प्रस्थान किया।

अगले भागों में जानेंगे आदि शंकराचार्य की दिग्विजय यात्रा के कुछ अनोखे किस्से...।

10

स्वअनुभव की दृढ़ता

अज्ञान के कारण आत्मा (सेल्फ) सीमित लगती है,
लेकिन जब अज्ञान का अँधेरा मिट जाता है,
तब आत्मा (सेल्फ) के वास्तविक स्वरूप का ज्ञान हो जाता है,
जैसे बादलों के हट जाने पर सूर्य दिखाई देने लगता है।

गुरु के आदेशानुसार शंकराचार्य वैदिक धर्म के प्रसार के लिए वाराणसी की ओर चल पड़े। वहाँ की दिनचर्या में गंगा स्नान, ध्यान, समाधि शामिल था। साथ ही शाम के समय वे सत्य के साधकों को अद्वैत ब्रह्म तत्त्व का उपदेश भी देते। कुछ ही दिनों में उनका असाधारण व्याख्यान कौशल, अद्भुत प्रतिभा व सौम्य व्यक्तित्व चर्चा का विषय बन गया। शंकराचार्य के पास भिन्न-भिन्न मतों को माननेवाले, अलग-अलग पंथों के ज्ञाता, पंडित व साधकों का आना शुरू हो गया। शंकर बड़े आनंद से उनकी शंकाओं का निरसन करके सबको अद्वैत ब्रह्मज्ञान का उपदेश देने लगे।

प्राचीन युग से वाराणसी धार्मिक और आध्यात्मिक संस्कृति का प्रमुख केंद्र रही है। बड़े-बड़े पंडित, विद्वान वहाँ आकर अपनी साधना को आगे बढ़ाने में स्वयं को धन्य मानते हैं। जिस समय शंकर वहाँ पहुँचे उस समय भी शाक्त, शैव, गाणपत्य, जैन, बौद्ध आदि संप्रदायों के साधक व पंडित वहाँ निवास करते थे। बहुत जल्दी ही उनका निवास पवित्र तीर्थक्षेत्र में परिवर्तित हो गया। कुछ लोग तो अपनी प्रतिष्ठा

बढ़ाने के लिए शंकर के साथ वाद-विवाद करने के लिए आते। शंकर बड़े धैर्य के साथ उनकी बातें सुनते और अपने तर्क युक्त ज्ञान से उन्हें निरुत्तर कर देते।

इस तरह शंकराचार्य ने संपूर्ण भारत में जिस वैदिक धर्म का पुनरुत्थान किया, उसका शुभारंभ काशी से हुआ। शंकर की उम्र इस समय बारह-तेरह वर्ष ही रही होगी। इस बाल संन्यासी की विद्वत्ता के सामने अहंकारी परास्त होते, ज्ञान के प्यासे अपने को धन्य समझते, जिज्ञासु शंकामुक्त होते और साधक ज्ञान को आत्मसात करने की प्रेरणा पाते।

शंकर सभी वेदों, शास्त्रों तथा योग विद्या में पारंगत हो गए थे। उनका मानना था कि ब्रह्म ही सत्य है, बाकी सब मिथ्या है। ब्रह्म से ही माया की शक्ति का निर्माण होता है लेकिन शुद्ध, मूल ब्रह्म में शक्ति का कोई स्थान नहीं है। यही परम सत्य है।

श्रवण, सेवा, भक्ति, भजन, ध्यान के द्वारा जब तक मन निर्मल नहीं हो जाता, तब तक यह सत्य अंतर्मन में फलित नहीं होता। गहन समाधि की अवस्था में इस अद्वैत ब्रह्मज्ञान (सब में रब, रब में सब) का अनुभव होता है। इस पृथ्वी पर रहकर, माया से भरे जीवन को जीते हुए सभी प्राणियों के प्रति ऐसी समदृष्टि बनाए रखने के लिए निरंतर अभ्यास की ज़रूरत होती है। इसमें गुरुकृपा का बहुत बड़ा हाथ है। ईश्वरीय अभिव्यक्ति करने के लिए शंकराचार्य को अनुभव में स्थापित होकर ही संसार में रहना था। इसीलिए ईश्वर ने मानो कृपापूर्वक उनकी ज्ञान की आँख खोल दी थी।

उनका कहना था कि निर्गुण ब्रह्म का गुण है शक्ति, जिससे सगुण जगत का निर्माण हुआ है। इस गुण के कारण अरूप होते हुए भी ब्रह्म, जीव के रूप में सरूप है। अद्वैत ज्ञान को माननेवालों के लिए जो निर्गुण ब्रह्म परमात्मा है, वही द्वैत वाद वालों के लिए सगुण ईश्वर है।

आज की भाषा में कहें तो सेल्फ ही सत्य है, सेल्फ से प्रकट होनेवाला जगत दिखावटी सत्य है। इस जगत के पीछे मूल में वही एक चैतन्य है, जिसे ईश्वर, अल्लाह, गॉड कहा जाता है। कहते हैं कि ईश्वर ने इंसान को बनाया लेकिन सत्य यह है कि ईश्वर ही इंसान बनकर, इस पृथ्वी पर आया है और उसे इसकी खबर होना ही आत्मसाक्षात्कार है।

आइए, द्वैत और अद्वैत ज्ञान में फर्क समझते हैं। यहाँ सही-गलत की बात नहीं

है। दोनों अपनी-अपनी जगह पर उचित ही हैं। इंसान अपनी अवस्था अनुसार उन्हें मानता है। जब भक्त अपने को भगवान से अलग मानकर उसकी भक्ति करता है, मूरत की पूजा-अर्चना करता है तो यह द्वैत ज्ञान है। यहाँ 'मैं और तू' का भाव प्रबल होता है। साधारणतः लोगों को यही बात समझ में आती है क्योंकि वे अपने को एक पृथक अस्तित्व के रूप में पहचानते हैं। लेकिन अद्वैत ज्ञान में भक्त, भक्ति और भगवान एक हो जाते हैं। भक्त समझ जाता है कि भगवान कहीं बाहर नहीं, उसी के भीतर हैं। ध्यान, ज्ञान, जप, सिमरन से उसकी पहचान बढ़ानी है। 'ईश्वर ही है, मैं हूँ कि नहीं', इसका पता लगाना और पक्का करना ही अद्वैत ज्ञान प्राप्त करने की साधना है।

गलत कुछ भी नहीं है। द्वैत ज्ञान के सहारे ही अद्वैत की ओर जाया जाता है। द्वैत ज्ञान को अद्वैत की ओर ले जानेवाली सीढ़ी कह सकते हैं। लेकिन कोई यदि सीढ़ी पर ही अटका रहे, ऊपर जाए ही नहीं तो उसका विकास रुक जाता है। अतः अध्यात्म में हर अवस्था को एक पायदान समझकर आगे बढ़ना चाहिए।

अद्वैत ज्ञान का अनुभव सभी साधनाओं की परम अवस्था है। शंकराचार्य की इस अद्वैत ज्ञान की ओर विशेष रुचि थी। जिसका वे भारत वर्ष में प्रसार करना चाहते थे। आचार्य शंकर समाधि अवस्था में तो अपने होने के अनुभव (ब्रह्म अनुभूति) में स्थापित थे किंतु व्यावहारिक जगत में सभी में वही अनुभव चल रहा है, यह दृष्टि अभी तक उन्हें प्राप्त नहीं थी। चूँकि पृथ्वी पर उनका जन्म लोक कल्याण के लिए ही हुआ था, अतः केवल समाधि में रहते हुए स्व के अनुभव में रहना काफी नहीं था। जब तक उन्हें सभी में वही एक के दर्शन नहीं होते तब तक उनके जीवन में अद्वैत ब्रह्म ज्ञान कैसे उतरता!!

व्यावहारिक क्षेत्र में भी पूर्णता पाने के लिए ईश्वर ने कैसी लीला रची आइए, यह जानते हैं नीचे वर्णित प्रसंगों से।

एक दिन सुबह आचार्य शंकर स्नान के लिए घाट की तरफ निकले। रास्ते में वे क्या देखते हैं कि एक स्त्री अपने मृत पति का सिर अपनी गोद में रखकर जोर-जोर से रो रही थी। रास्ते से जानेवाले लोगों से पति के दाह संस्कार के लिए सहायता माँग रही थी। रास्ता बहुत सँकरा था। स्त्री के रास्ते में ही बैठ जाने के कारण बाकी लोगों को जाने की जगह ही नहीं बची। आचार्य शंकर को स्नान के लिए देर हो रही थी इसलिए उन्होंने स्त्री से कहा, 'आप यदि शव को रास्ते के किनारे कर देंगी तो हमें आगे जाने

की जगह मिल जाएगी।'

वह स्त्री इस कदर दुःख में डूबी थी कि उसे शंकर की बात सुनाई ही नहीं दी। अतः उसने शंकर की बात का कोई जवाब नहीं दिया। अब आचार्य बार-बार मृत शरीर को उठाने का अनुरोध करने लगे। इस पर स्त्री ने जवाब दिया, 'महात्मा, आप शव को ही कह दीजिए कि वह आपके रास्ते से हट जाए।'

यह सुनकर आचार्य करुणा से बोले, 'आप फिलहाल सदमे में हैं इसलिए आप ऐसी अस्वाभिक बात बोल रही हैं। भला शव अपने आप कभी हट सकता है? उसमें हटने की शक्ति कहाँ है?

तब स्त्री ने आचार्य से प्रतिप्रश्न करते हुए कहा, 'आपके मत से सारे जगत का कर्ता ब्रह्म ही है तो शक्ति के बिना शव क्यों नहीं हट सकता?'

स्त्री का ज्ञानयुक्त तर्क सुनकर आचार्य सोच में पड़ गए। अगले ही पल देखा तो स्त्री व शव गायब थे। यह कैसी लीला थी? शंकर का हृदय एक अनोखे अनुभव से स्पंदित होने लगा। शंकर समझ गए कि माया की शक्ति ने अपना परिचय करवाया है। घाट पर स्नान कर वे विकल भाव से वापस लौटे। विकल इसलिए कि आप कोई बात दिल की गहराई से मानते हैं और किसी दिन उसका सबूत मिल जाए तो आपकी अवस्था कैसी होगी! ठीक यही हालत शंकर की हुई। अब उनकी सोच और व्यवहार में एक बड़ा फर्क आ गया। उन्होंने अनुभव किया कि माया ने ही संसार की रचना की है और वही उसे मिटाती भी है। निर्गुण ब्रह्म तो केवल द्रष्टा मात्र है।

अब आप कहेंगे कि वह स्त्री और उसके पति का शव गायब कैसे हो गया? यह वास्तव में अंदर की अवस्था है, जिन्हें शब्दों में बयान करने से कई बार इंसान भ्रमित हो जाता है। उसे मनन कर खुद ही समझना पड़ता है। जैसे ही स्त्री ने कहा कि 'ब्रह्म ही कर्ता है तो शक्ति के अभाव में शव क्यों नहीं हट सकता?' तो यह वाक्य आचार्य के लिए महावाक्य साबित हुआ। उन्हें स्पष्ट रूप से दिखाई दिया कि 'जीव व ब्रह्म' 'दूध और पानी' की तरह अभिन्न हैं और इस जोड़ी को चलाने के लिए शक्ति चाहिए। लेकिन जो शुद्ध ब्रह्म है, जो किसी जीव से नहीं जुड़ा है, वह मात्र द्रष्टा है। शक्ति के बिना वह कुछ नहीं कर सकता। यह कनविक्शन पाकर उन्हें दोनों में ब्रह्म के दर्शन हुए, एक में शक्ति सहित तो दूसरे में शक्ति रहित। उनके लिए स्त्री और शव में कोई भेद नहीं रह गया। समझ के प्रकाश में दोनों गायब हो गए... बचा सिर्फ एकम का अनुभव...।

इसी तरह शंकराचार्य के जीवन का एक और प्रसंग बहुत प्रसिद्ध है, जो उन्हें जीते जी अद्वैत ज्ञान की कनविक्शन दे गया। वह कुछ इस प्रकार है।

एक दिन शंकर अपने शिष्यों सहित गंगा स्नान के लिए जा रहे थे। तभी उन्होंने देखा कि सामने से एक काला-कलूटा चाण्डाल अपने साथ चार कुत्तों को लेकर चला आ रहा है। उसने शंकराचार्य का रास्ता रोक रखा था। उन दिनों माना जाता था कि इस जाति के लोगों की उपस्थिति मात्र से ब्राह्मण अशुद्ध हो जाते हैं। इसलिए शंकर के शिष्यों ने चाण्डाल से कहा, 'रास्ते से दूर हटो, आचार्य को जाने दो।' इस पर चाण्डाल बोला, 'मैं रास्ते से तब तक नहीं हटूँगा, जब तक आचार्य मेरे सवालों के जवाब न दे दें।' 'कैसे प्रश्न' आचार्य ने सौम्य भाव से चाण्डाल से पूछा। क्रोधित चाण्डाल ने अट्टहास करते हुए कहा,

'हे महात्मा, आपने कहा दूर हटो। आप किसे दूर हटाना चाहते हैं? मेरे शरीर को या मेरे शरीर में विद्यमान आत्मा को? जब हर इंसान का शरीर अन्न से पुष्ट होता है तो आपके और मेरे शरीर में क्या अंतर है? जब हर शरीर में एक ही आत्मा विराजमान है तो आपमें और मुझमें कैसा भेद? फिर आप स्वयं को ब्राह्मण और मुझे चांडाल कैसे कह सकते हैं? आप व्यर्थ में ही ब्रह्म तत्त्व में स्थापित होने का झूठा अभिमान कर रहे हैं। तत्त्व दृष्टि से ब्राह्मण और चांडाल में क्या भेद? चाँद का प्रतिबिंब कीचड़ के पानी में पड़े या गंगा जल में, चाँद तो वही रहता है। क्या यही आपका ब्रह्मज्ञान है?'

चाण्डाल की ज्ञान से भरी बातें सुनकर शंकर भौंचक्के रह गए। जो ज्ञान वे अपने व्याख्यानों में दिया करते थे, वही ज्ञान व्यावहारिक जीवन में उन्हें एक चाण्डाल ने स्मरण कराया। उनके भीतर गहरी हलचल मच गई और तुरंत ही उनके मुँह से निकला, 'जो भी ब्रह्म को एकमात्र सत्य मानता है और सभी आत्माओं को एक समान देखता है, वह आदरणीय है। दूसरी सभी भिन्नताएँ असत्य हैं। जिसने सर्वोच्च चेतना के साथ एकता का अनुभव कर लिया है, वह मेरे गुरु समान है।

इस प्रसंग में आगे फिर बताया कि अचानक चाण्डाल गायब हो गया और उसके बदले भगवान शिव स्वयं प्रकट हुए। उन्होंने प्रसन्न होकर शंकर से कहा, 'मैं तुम्हारे द्वारा जग में वैदिक धर्म का प्रसार करना चाहता हूँ। इसके लिए तुम व्यास कृत ब्रह्मसूत्र पर भाष्य की रचना करो।' शंकर दुगने उत्साह से इस ईश्वरीय कार्य में लग गए।

इन प्रसंगों से हमें बोध लेना है कि हमारे जीवन में घटनेवाली घटनाएँ भी हमें जगाने के लिए आती हैं लेकिन क्या हमारी बेहोशी टूट रही है? यदि हम अध्यात्म के रास्ते पर चल पड़े हैं तब तो हमारी ज़िम्मेदारी और भी बढ़ जाती है। जात-पात, अनपढ़ और पढ़े-लिखे, लड़कियों और लड़कों में अंतर करते समय क्या उनके पीछे विद्यमान सेल्फ के दर्शन होते हैं? किसी करीबी रिश्तेदार की मृत्यु के समय मन में क्या ये विचार चलते हैं कि 'मृत्यु क्या है? मृत इंसान का मुझसे क्या रिश्ता था? मैं कौन हूँ? क्या यह घटना मुझे शव और शिव का ज्ञान करा रही है?' ये वे सवाल हैं, जो आपकी आध्यात्मिक यात्रा को गति प्रदान कर सकते हैं।

अगले अध्याय में आचार्य शंकर के प्रमुख शिष्य सनन्दन की भेंट का प्रसंग जानेंगे, जो अपनी गुरुभक्ति व समर्पण के कारण उनके प्रिय शिष्य बने।

11

सनन्दन (पद्मपाद) की दीक्षा

जिसे विदेशों में मान मिलता हो और अपने देश में जय-जयकार होती हो,
जो सदाचार पालन में भी अद्वितीय हो और दुराचार से सदा दूर हो,
लेकिन यदि गुरु के चरणकमल में उसका मन नहीं रमता हो
तो इन सबका क्या लाभ?

एक दिन एक बालक, आचार्य शंकर के दर्शन के लिए आया। ज्ञान की आभा से उसका मुख दमक रहा था। उसके तेजस्वी रूप से ईश्वरीय प्रेम झलक रहा था। वह बाल-ब्रह्मचारी आकर सीधे आचार्य शंकर के चरणों मे झुक गया। आचार्य ने स्नेह से बालक को उठाकर पूछा, 'हे बालक, तुम कौन हो? क्या नाम है तुम्हारा? बालक होते हुए भी तुम्हारे भीतर से कितनी धीर-गंभीरता छलक रही है!'

तेजस्वी बालक ने नम्रतापूर्वक जवाब दिया, 'मैं ब्राह्मण जाति से हूँ, मेरा नाम सनन्दन है, मैं उस प्रदेश से आया हूँ जहाँ कावेरी नदी बहती है, जिसके पवित्र जल के स्पर्श मात्र से मन में भक्ति भावना जागती है। ऋषि-महात्माओं के दर्शन की इच्छा लेकर मैं यहाँ आया हूँ। मैं इस मायावी संसार का सागर पार करना चाहता हूँ। हे गुरुदेव मैं आपकी शरण में आया हूँ। मुझे मेरे गुण-दोषों सहित स्वीकार कीजिए। सारा संसार काम-क्रोध, लोभ-मोह के बंधन में बंधा है। मेरी कामना है कि मेरा मन इन विकारों से मुक्त हो जाए। मैं आत्मसाक्षात्कार प्राप्त कर, निरंतर आनंद में रमण करता रहूँ। आप

ही मेरे आराध्य गुरु हैं।'

बालक सनन्दन की विनम्रता तथा भक्ति भाव को देखकर आचार्य बहुत प्रसन्न हुए। उन्होंने सनन्दन को अपने साथ रहने की अनुमति दे दी। आचार्य की कृपा से धीरे-धीरे उसकी प्यास और भी बढ़ गई। शीघ्र ही आचार्य ने उसे संन्यास दीक्षा से दीक्षित किया। कहते हैं कि सनन्दन शंकराचार्य के प्रथम दीक्षित शिष्य थे।

वाराणासी में रहते हुए अनेक साधक, साधु, ऋषि, विद्वान आचार्य शंकर की सेवा में उपस्थित हुए। उन्होंने आचार्य से विधिवत संन्यास ग्रहण किया। आचार्य के शिष्य बनकर वे स्वयं को कृतार्थ मानते।

आगे चलकर आचार्य के शिष्यगणों में बहुत वृद्धि हुई। उनमें से सनन्दन की गुरु भक्ति विशेष रूप से उच्च स्वरूप की थी। अपनी अलौकिक प्रतिभा, मेधावी बुद्धि, विद्वत्ता, शास्त्र प्रेम और अनन्य गुरुभक्ति के कारण आचार्य की उन पर विशेष कृपा थी। उनका प्रिय शिष्य होने के कारण बाकी शिष्य सनन्दन से ईर्ष्या करने लगे। वास्तव में शिष्यों को सनन्दन के प्रति आचार्य का विशेष प्रेम दिखाई देता था, लेकिन सनन्दन की बेशर्त भक्ति नहीं दिखाई देती थी। आचार्य शिष्यों के मन की बात भाँप गए। अतः एक दिन उन्होंने सभी को सनन्दन की गुरु भक्ति की पहचान कराने का फैसला किया।

अकसर यह गलती शिष्यों से हो जाया करती है। चूँकि वे गुरु को अपनी ही भाँति समझते हैं इसलिए गुरु के प्रेम पर भी शंका करते हैं। गुरु किसी भी शिष्य (शरीर) विशेष को नहीं चाहते बल्कि जिस शरीर में मन पवित्र हो रहा हो, जहाँ मन भक्तिभाव से ओतप्रोत हो, जहाँ गुरु के प्रति अगाध श्रद्धा हो, जहाँ आज्ञा पालन की तत्परता हो, ऐसी चेतना से वे प्रसन्न रहते हैं। गुरु चाहते हैं कि सभी शरीरों में यह चेतना खिले-खुले। वे उस परम तत्त्व के प्रेमी होते हैं, शरीर के नहीं।

एक दिन की बात है कि सनन्दन किसी काम से अलकनन्दा नदी के उस पार गए थे। नदी पार करने के लिए दूर एक पुल था, वे उसी पुल से गए थे। आचार्य अपने शिष्यों के साथ नदी किनारे बैठे थे। नदी का प्रवाह बहुत वेगवान था। तभी आचार्य ने करुण स्वर में सनन्दन को पुकारना शुरू किया, 'सनन्दन... सनन्दन... जल्दी आओ...। गुरु की करुण पुकार सुनकर सनन्दन बेचैन हो गए। उन्होंने सोचा, 'गुरुदेव ज़रूर किसी मुसीबत में फँस गए हैं। मुझे तुरंत ही उनके सम्मुख उपस्थित होना चाहिए। अगर मैंने पुल का रास्ता अपनाया तो देर हो जाएगी।' मन में इस भाव के

साथ कि संसार रूपी भवसागर को पार करानेवाले गुरु इतनी सी नदी तो आराम से पार करवा देंगे, उन्होंने उफनती अलकनन्दा में छलाँग लगा दी। जिस प्रवाह में अच्छे-अच्छे तैराक भी घुटने टेक देते, वहाँ सनन्दन ने अपने प्राणों की परवाह तक नहीं की। शिष्यों ने जब सनन्दन को नदी में कूदते हुए देखा, तो उसकी मृत्यु को अटल मानकर उन्होंने हाहाकार मचा दिया। किंतु सनन्दन की असीम गुरुभक्ति देखकर अलकनन्दा भी उनकी मदद के लिए दौड़ पड़ी। उसने सनन्दन के प्रत्येक कदम के नीचे कमल के फूल खिला दिए। जिन पर पैर रखते हुए वे तुरंत ही आचार्य के चरणकमलों में पहुँच गए।

शिष्यगण इस अलौकिक घटना को देखकर आवाक् रह गए। सभी शिष्य चुपचाप सिर झुकाए अपनी गलती का एहसास करने लगे। आचार्य ने प्रसन्नतापूर्वक कहा, 'आज से सनन्दन पद्मपाद के नाम से प्रसिद्ध होंगे।' तब से लोग उन्हें उसी नाम से जानने लगे।

यहाँ पर गुरु की पुकार, गुरु आज्ञा का प्रतीक है। सनन्दन का उफनती नदी में छलाँग लगाना गुरु आज्ञा पालन की ओर इशारा करता है। उन्होंने गुरु की आज्ञा को इतनी गंभीरता से लिया कि अपनी जान की परवाह तक नहीं की। एक बार भी उसके मन में नहीं आया कि इस उफनती नदी में कहीं मैं डूब न जाऊँ। उन्होंने गुरु पर शंका भी नहीं की कि अन्य शिष्यों के होते हुए भी इतनी बेसब्री से मुझे क्यों बुलाया। उन्हें बस एक ही बात समझ आ रही थी– गुरु ने बुलाया है तो ज़रूर कोई कारण होगा। जब निशंक और संपूर्ण समर्पित मन से कोई कार्य किया जाता है तो कुदरत भी चारों ओर से मदद करने में जुट जाती है। इंसान की सुप्त शक्तियाँ जागृत हो सकती हैं, असंभव कार्य संभव हो जाते हैं। नदी में कमल खिले या नदी का उफान घट गया, ये सब तेजस्थानी मदद की ओर इशारा करते हैं। आचार्य शंकर ने सनन्दन के निमित्त से अपने सभी शिष्यों को भीतर के गुरु का एहसास कराया।

गुरुकृपा ही इस भवसागर को पार करने का एकमात्र उपाय है। यह बात गुरु सभी को बताना चाहते थे, जिसके लिए उन्होंने सनन्दन को निमित्त बनाया। क्योंकि आचार्य को सनन्दन के दृढ़ विश्वास पर विश्वास था। इस विश्वास के कारण ही वह वेगवती नदी में कूद गया और इस प्रगाढ़ विश्वास व गुरु प्रेम का परिणाम था कि वह सकुशल किनारे लौट आया। उसके अंतर का हृदयकमल खिल उठा और वह

तेजस्थान* पर स्थापित हो गया।

वास्तव में गुरु किसी शरीर का नाम नहीं है बल्कि प्रत्येक शरीर में जो चेतन शक्ति वास करती है, वही गुरु है। यह शक्ति मन के विकारों से ढँकी सुप्तावस्था में होती है। मन को निर्मल, प्रेमल, आज्ञाकारी, अकंप बनाकर ही यह उजागर होती है और फिर चमत्कार होते हैं। इस शक्ति से अपनी पहचान बढ़ानी है और उस पर दृढ़ रहना है।

शिष्यों ने अपनी भूल मानकर आचार्य से क्षमा माँगी। तब उन्होंने शिष्यों को आशीर्वाद देते हुए कहा, 'तुम सब पद्मपाद की भक्ति का अनुकरण करो। तभी तुम्हारा मानव जीवन सार्थक होगा।

वह स्थान जो मन के पार की मूल अवस्था है।

खण्ड 3
दिग्विजय यात्रा और शास्त्रार्थ

12

ब्रह्मसूत्र भाष्य रचना तथा वेद व्यास से मुलाकात

आत्मसंयम क्या है?
आँखों को दुनियावी चीज़ों की ओर आकर्षित न होने देना
और बाहरी ताकतों को खुद से दूर रखना।

बारह साल के बाल संन्यासी- आचार्य शंकर अपने शिष्यों सहित आगे की यात्रा के लिए हिमालय की ओर निकल पड़े। हरिद्वार, ऋषिकेश, रुद्रप्रयाग, नंदप्रयाग आदि हिमालय के प्रसिद्ध तीर्थों पर जाकर उन्होंने लोगों को वैदिक धर्म के पालन का उपदेश दिया। साथ ही उन्होंने इन सभी स्थानों की महिमा को भी प्रकाशित किया और अपनी ज्ञान वाणी से लोगों को पूजा अर्चा परायण बनाया।

शंकराचार्य ने देखा कि कुछ तीर्थस्थानों पर तांत्रिकों की प्रधानता है। वे देवी के सामने नरबलि चढ़ाते हैं। उन्हें लगता कि इससे देवी प्रसन्न होती है। कभी अज्ञानवश तो कभी स्वार्थवश ये प्रथाएँ चली आ रही थीं। ऐसे में आचार्य शंकर ने तांत्रिकों को शास्त्रार्थ के लिए ललकारा। उन्होंने धर्म की यथार्थ व्याख्या करके, लोगों के भ्रम और अज्ञान का निवारण किया। इस तरह अच्छाई और सच्चाई को जीत दिलाकर, उन्होंने नरबलि की भयंकर प्रथा से वहाँ के लोगों को मुक्त किया।

अब वे बदरी क्षेत्र पहुँचे। यहाँ के व्यास आश्रम में उन्होंने कुछ काल तक निवास किया। आश्रम तो मानो एक बड़ी भारी गुफा जैसा ही था। जिसके चारों ओर बर्फ ही बर्फ फैली थी। यहाँ कुछ दिन उन्होंने गहन अध्ययन में बिताए। यहीं पर उन्होंने ब्रह्मसूत्र की भाष्य रचना का महान कार्य शुरू किया। प्रतिदिन वे भाष्य रचना करते और साथ-साथ शिष्यों को भी पढ़ाते।

भाष्य रचना के लिए हिमालय की एक गुफा में आचार्य शंकर निवास कर रहे हैं, इसका पता चलते ही अलग-अलग संप्रदायों के पंडित, साधक वहाँ इकट्ठा होने लगे। भाष्य रचना करने के अतिरिक्त शंकर रोज सभी को योग साधना का पाठ भी पढ़ाते। इस तरह भाष्य रचना, शास्त्र शिक्षा व योग साधना आदि के कारण सभी की चेतना का स्तर उच्च होता जा रहा था।

इन्हीं दिनों उन्होंने ब्रह्मसूत्र के अलावा अन्य कई ग्रंथों की भाष्य रचना भी पूरी की। सभी 'भाष्य' शिष्यों को पढ़ाए भी जा रहे थे। साथ ही अलग-अलग तरह की साधनाओं के द्वारा शिष्यों के आध्यात्मिक जीवन को पूर्णता देने का प्रयास भी जारी था। चार साल में उन्होंने ये सभी कार्य समाप्त कर दिए।

शंकराचार्य के ऐसे अलौकिक जीवन की चर्चा अब दूर-दूर तक होने लगी। अनेक विद्वान ब्राह्मण व अन्य श्रेणी के लोग उनके अनुयायी बन गए। उनका अगला लक्ष्य था इन भाष्यों के प्रचार-प्रसार का। इसी बीच ज्योतिर्धाम के राजा, शंकराचार्य के अनुयायी हो गए। उन्होंने इस कार्य की ज़िम्मेदारी अपने कंधों पर ले ली। भाष्य ग्रंथ की प्रतिलिपियाँ बनाने के लिए उन्होंने अनेक पंडितों को नियुक्त किया।

इस तरह हिमालय के अनेक दुर्गम प्रदेशों, तीर्थ स्थानों की यात्रा करके वे अपने शिष्यों सहित काशी के लिए वापस रवाना हुए। काशी पहुँचकर वे बहुत प्रसन्न हुए। इस समय उन्होंने सोलहवें वर्ष में प्रवेश किया था। भविष्यवाणी के अनुसार उनकी आयु समाप्त हो चुकी थी। जिन दैवी कार्यों को करने के लिए उनका जन्म हुआ था, वह पूरा हो चुका था। वे अब अधिक से अधिक समय समाधिस्थ रहते। भूख, प्यास भी उन्हें नहीं सताती थी। उनके शिष्य आचार्य की यह अवस्था देख चिंतित हो गए। वे डर गए कि कहीं आचार्य निर्वाण की तैयारी तो नहीं कर रहे!! ईश्वरीय इच्छा कुछ भी हो, शिष्य तो यही चाहते हैं कि गुरु का शरीर अधिक से अधिक समय तक पृथ्वी पर रहे।

अतः गुरु के चित्त को किसी तरह पृथ्वी पर खींचे रखने के लिए शिष्यों ने उनसे अपने भाष्यों के अध्यापन का निवेदन किया। शिष्यों के आग्रह के चलते उन्होंने यह कार्य स्वीकार कर लिया। सभी शिष्य अब नियमित रूप से भाष्यों का अध्ययन करने लगे।

इसी दौरान एक ऐसी अघटित घटना घटी, जिससे उनके निर्लिप्त मन में जीव कल्याण की भावना कुछ इस तरह हिलोरें मारने लगी कि मानो उसके संपादन के लिए उनकी आयु और सोलह वर्ष बढ़ गई। जब इंसान कुदरत से तालमेल रखकर ईश्वरीय कार्य की अभिव्यक्ति करता है तो आश्चर्य घटते हैं। घटना कुछ इस प्रकार है।

एक दिन सुबह-सुबह आचार्य अपने शिष्यों को कुछ पढ़ा रहे थे। इतने में एक वृद्ध ब्राह्मण वहाँ आ पहुँचे। उन्होंने शिष्यों से पूछा, 'सुना है यहाँ एक संन्यासी ब्रह्मसूत्र भाष्य पढ़ाते हैं। क्या आप बता सकते हैं कि वे कहाँ हैं? इस पर उपस्थित एक शिष्य ने आचार्य शंकर की ओर इशारा करते हुए कहा, 'ये जो हमें पढ़ा रहे हैं, ये गुरु शंकराचार्य हैं। इन्हें सभी शास्त्र कंठस्थ हैं। इन्होंने ही ब्रह्मसूत्र भाष्य की रचना की है।'

अब ब्राह्मण ने आचार्य की ओर देखकर पूछा, 'ये लोग तुम्हें वेदव्यास रचित ब्रह्मसूत्र का भाष्यकार बता रहे हैं तो ज़रा बताओ कि तीसरे अध्याय के पहले भाग के पहले सूत्र का क्या अर्थ है? शंकर ने हाथ जोड़कर नम्रता से जवाब दिया, 'जिन भी पंडितों को सूत्र के अर्थ मालूम हैं, उन सभी को मैं प्रणाम करता हूँ। सूत्रों का ज्ञान होने का मुझे अभिमान नहीं है। आपने जो प्रश्न किया है, उसका अब मैं उत्तर देता हूँ।'

जैसा कि एक सुविचार है–'विद्या विनयेन शोभते' अर्थात विद्या के साथ विनय शोभा देता है। जिसे ज्ञान है, वह नम्र भी होना चाहिए। ज्ञान और विनय का योग अति उत्तम योग है। जो सच्चा ज्ञानी होता है, वह नम्र भी होता है और नम्रता अकेले नहीं आती बल्कि अपने साथ कई गुणों को लेकर आती है। जैसे दया, करुणा, मदद करने की वृत्ति आदि। इससे समाज का कल्याण ही होता है। लेकिन कई बार विद्या के साथ अहंकार बढ़ जाता है, जो इंसान को भ्रष्ट कर देता है। शंकराचार्य में विद्या के साथ-साथ विनयशीलता भी थी इसलिए उन्होंने ब्राह्मण से यह नहीं कहा कि 'तुम होते कौन हो पूछनेवाले?' या 'मैं तुम्हारे सवाल का जवाब क्यों दूँ?' बल्कि उन्होंने पहले उन सभी को प्रणाम किया जो इसका जवाब जानते हैं। गौर करें कि उनके भीतर नम्रता का स्तर कितना ऊँचा था।

इसके बाद शंकर ने ब्राह्मण द्वारा पूछे गए प्रश्न की सटीक व्याख्या कह सुनाई। ब्राह्मण ने शंकर की व्याख्या को बीच से काटते हुए एक प्रश्न पूछा। शंकर ने फिर उसका यथायोग्य उत्तर दिया। ब्राह्मण ने फिर उसका खंडन कर एक अन्य प्रश्न पूछा। शंकर ने उस प्रश्न का भी योग्य उत्तर दे दिया। ब्राह्मण एक के बाद एक लगातार सवाल करते जा रहे थे और आचार्य शंकर उतने ही धीरज से हर सवाल का जवाब देते जा रहे थे। यहाँ शंकर का एक और गुण अपनाने योग्य है। वह है 'धीरज'। एक के बाद एक सवालों की बौछार करने के बाद भी वे शांति से सारे जवाब देते रहे।

इस प्रकार सवाल-जवाब के इस सेशन में ब्रह्मसूत्र, चारों वेद और विविध शास्त्रों की चर्चा भी शुरू हो गई। दोनों की असाधारण विद्वत्ता, बुद्धि कौशल, स्मरणशक्ति व विचारों की परिपक्वता से शिष्य आश्चर्यचकित रह गए। अपने गुरु की ऐसी प्रतिभा व विद्वत्ता के आज ही उन्होंने दर्शन किए थे। अंत में ब्राह्मण ने कहा, 'आज शास्त्रार्थ यहीं समाप्त करते हैं, कल फिर शुरू करेंगे।'

दूसरे दिन ब्राह्मण सही समय पर आए और एक बार फिर दोनों के बीच गंभीर शास्त्रार्थ शुरू हो गया। ब्राह्मण ने अनेक कठिन प्रश्न पूछे। आचार्य ने शांति से सभी के समाधानकारक उत्तर दिए। ब्राह्मण के प्रश्नों का अंत नहीं था, इधर शंकर के तरकश में भी बहुत से तीर थे। इस प्रकार सात दिनों तक यह शास्त्रार्थ चला।

सातवें दिन उनके जाने के बाद शंकर के शिष्य पद्मपाद ने पूछा, 'आखिर ये ब्राह्मण हैं कौन? जिन्हें वेदांत के गूढ़ तत्त्वों का ज्ञान है? ऐसी प्रतिभा, बुद्धि, विचारशक्ति महर्षि वेदव्यास के अलावा किसमें हो सकती है? कहीं वेदव्यास स्वयं ही तो भेस बदलकर नहीं आए?

पद्मपाद की बात सुनकर आचार्य मुस्कराकर बोले, 'शायद तुम्हारा अनुमान सही है। मुझे भी लगता है कि हो न हो ये वेद व्यास ही हैं। कल जब वे आएँगे तब हम उनका परिचय पूछेंगे।'

अगले दिन अर्थात शास्त्रार्थ चर्चा के आठवें दिन ब्राह्मण फिर से सुबह-सुबह आ पहुँचे और उन्होंने शंकर से एक कठिन प्रश्न पूछा। शंकर ब्राह्मण के पैर छूकर बोले, 'आपके प्रश्न का उत्तर तो मैं ज़रूर दूँगा पर उससे पहले नम्र निवेदन है कि आप अपना असली परिचय दें। हम सबका मानना है कि आप स्वयं महर्षि वेदव्यास हैं और किसी ईश्वरीय कार्य को संपन्न करने के लिए ब्राह्मण का भेस धरकर आए हैं। यदि यह

सच है तो उस आदि गुरु के चरण स्पर्श कर मैं धन्य-धन्य हो जाऊँगा।'

शंकर के सवाल पर ब्राह्मण मंद स्मित करते हुए बोले, 'तुम्हारा अनुमान सत्य है।' शंकर के जवाबों से प्रसन्न होकर उन्होंने शंकर के सिर पर हाथ रखकर उन्हें आशीर्वाद दिया। शंकर खुशी से झूम उठे। तुरंत वे वेद व्यास जी के पैर छूकर उनकी सराहना करने लगे। 'हे ऋषिवर, आपने जीव कल्याण के लिए जो अमूल्य योगदान दिया है, उसे दुनिया हमेशा याद रखेगी। आपने अष्टादश पुराण, महापुराण तथा उप पुराणों का संकलन किया है। आपने वेद को चार भागों में बाँटा है। आपके लिए संसार में कुछ भी अज्ञात नहीं है। महाभारत की रचना कर आपने युगों-युगों के लिए मानव-कल्याण साध लिया है। आपकी महिमा अपार है... आप अद्भुत हैं... आप हमारे आदि गुरु हैं...।'

आचार्य के स्तुति गान के सच्चे भाव से महर्षि प्रसन्न हुए। उन्होंने कहा, 'शंकर, तुम्हारी विद्वत्ता से मैं बहुत खुश हूँ। सारे संसार में तुम्हारे अलावा और कोई भी मेरे प्रश्नों के उत्तर नहीं दे सकता। मेरे सूत्रों का तुमने भाष्य लिखा है, यह सुनकर मैं तुमसे मिलने आया हूँ। मैं जानता था कि स्वयं भगवान शंकर ही शंकर का रूप लेकर मेरे सूत्रों की भाष्य रचना करेंगे।'

यहाँ समझनेवाली बात यह है कि वेदव्यास रचित ब्रह्मसूत्र, वेदव्यास के शरीर को निमित्त बनाकर सेल्फ ने ही रचे थे। और शंकर के शरीर को निमित्त बनाकर सेल्फ ने ही उस पर भाष्य रचना की। जब पृथक व्यक्ति हट जाता है तब लिखनेवाला एक ही होता है– सेल्फ। जिस शरीर से सेल्फ जितना ज़्यादा अभिव्यक्त होता है, समझिए वह इंसान उतना ही खाली होता जा रहा है।

वेद व्यास द्वारा की गई प्रशंसा सुनकर शंकर ने अपना रचा हुआ भाष्य ग्रंथ उन्हें समर्पित कर दिया। उसे पढ़कर वे प्रसन्नतापूर्वक बोले, 'तुम सचमुच प्रतिभावान हो। सूत्रों में मेरे कुछ अस्पष्ट लेखन का तुमने जो विस्तार किया है, वह अद्भुत है। तुम ही यह कार्य कर सकते थे।' शंकर ने खुश होकर अपने बाकी के भाष्य ग्रंथ भी अवलोकन हेतु वेद व्यास को अर्पित कर दिए। काफी समय तक एकाग्रता से उन ग्रंथों को पढ़कर वे बोले, 'बहुत ही उत्तम कार्य हुआ है।'

अब आचार्य शंकर विनीत भाव से बोले, 'आपके द्वारा नियोजित सभी ईश्वरीय कार्य पूर्ण हो चुके हैं। आप आज्ञा दीजिए ताकि आपके सामने ही समाधि

लेकर यह शरीर छोड़ दूँ।'

आचार्य के मुख से यह सुनकर सभी शिष्यगण स्तब्ध रह गए और वेदव्यास जी भी चकित हो उन्हें देखते रहे। थोड़ी देर विचारमग्न होकर वे बोले, 'अभी तुम्हारा कार्य खत्म नहीं हुआ है। भारत के विख्यात, विजयी पंडितों से शास्त्रार्थ करके उन्हें अपने मत में लाने का कार्य अभी शेष है। यह कार्य तुम्हें ही करना है। मैं जानता हूँ कि तुम अल्पायु हो। मैं तुम्हारे कार्य से अत्यंत संतुष्ट हूँ इसीलिए तुम्हें आयु वृद्धि का वर देता हूँ। तुम सोलह साल और जीओगे। बत्तीस वर्ष तक तुम्हें शरीर में रहना है।'

वेदव्यासजी ने आगे उन्हें कार्य योजना भी समझाई। वे बोले, 'महान कर्मकाण्डी कुमारिल भट्ट को पराजित करना तुम्हारा पहला उद्देश्य हो। इसके बाद भारत के विभिन्न प्रदेशों में भ्रमण करते हुए तुम अलग-अलग वाद माननेवाले लोगों से शास्त्रार्थ करके उन्हें अद्वैत वाद में मिलाओ। वेदांत की महिमा गाते हुए अद्वैत ब्रह्मात्म विज्ञान की तुम्हें पुनः प्रतिष्ठा करनी है। ये सारे कार्य समाप्त करके तुम स्वस्वरूप में विलीन हो जाओगे।'

अब क्या था... आचार्य शंकर को अपने गुरु के द्वारा एक दमदार लक्ष्य मिल गया। इस दमदार लक्ष्य की ही महिमा थी कि जिसने आचार्य को जीवन जीने को बाध्य किया। गुरु के वचनों को आज्ञा मानकर आचार्य ने उनके चरण स्पर्श किए और उन्हें किस तरह क्रिया में उतारा जाए, इस पर विचार करने लगे। इधर आचार्य को आयु वृद्धि का वरदान मिलने के कारण सारे शिष्यों में उत्साह का संचार हो गया। उनके मन से चिंता के बादल छँट गए थे।

13

कुमारिल भट्ट से मुलाकात भाग १

सत्य की कोई भाषा नहीं है। भाषा सिर्फ मनुष्य का निर्माण है।
लेकिन सत्य मनुष्य का निर्माण नहीं, आविष्कार है।
सत्य को बनाना या प्रमाणित नहीं करना पड़ता,
सिर्फ उघाड़ना (खोलना) पड़ता है।

एक दमदार लक्ष्य अभिव्यक्त होने के लिए आचार्य शंकर की प्रतीक्षा में खड़ा था, जो आचार्य को कर्म प्रेरणा दे रहा था। उनके मन में अब एक ही लगन सवार थी- गुरु के आदेशानुसार कुमारिल भट्ट से शास्त्रार्थ करने की...।

जीवन में दमदार लक्ष्य हो तो दिशा अपने आप सुनिश्चित हो जाती है। वरना इंसान भ्रमित रहता है कि ये करूँ या न करूँ। यदि लक्ष्य निश्चित है तो वह लक्ष्य की ओर ले जानेवाले कार्यों का चुनाव आसानी से कर सकता है और जो कार्य उसे लक्ष्य से दूर ले जाते हैं, उन्हें त्याग सकता है। अतः आप भी इस बाबत जागृत रहें, अपना लक्ष्य बनाकर उसे हमेशा आँखों के सामने रखें।

आचार्य शंकर और कुमारिल भट्ट की भेंट सेल्फ की एक अनोखी लीला थी। दोनों के तरीके निराले होते हुए भी, दोनों ने वैदिक धर्म की रक्षा की। एक ने कर्मकाण्ड का सहारा लिया तो दूसरे ने ज्ञानकाण्ड के बल पर वेद विरोधी पक्षों को चुप कराया।

कुमारिल भट्ट एक दिग्विजयी पंडित थे। वैदिक शास्त्रों और बौद्ध दर्शन में उनका गहरा अभ्यास था। वेद का विरोध करनेवाले अलग-अलग धर्म व मतों के विद्वानों को उन्होंने शास्त्रार्थ में हराकर वैदिक धर्म की पुनःप्रतिष्ठा की थी। बचपन में ही उन्होंने संकल्प लिया था कि समाज में फैले अनीति व अनाचार को रोकने के लिए वे वैदिक धर्म का प्रसार करेंगे। अतः अनेक शास्त्रों, वेदों तथा दर्शन में विशेष योग्यता हासिल कर उन्होंने अपने आप को इस कार्य के काबिल बनाया। देखिए, पहला कदम है लक्ष्य निश्चित करना, फिर उसके बाद आता है लक्ष्य के अनुसार अपने शरीर और मन की योग्यता को बढ़ाना। उसके लिए जो अभ्यास, निरंतर पठन, प्रयोग की ज़रूरत हो उसे करना। तब जाकर एक समय बाद लक्ष्य हासिल होता है। जो भी लोग महान कार्य कर गुज़रे हैं, उन्होंने यही किया है।

यह उस समय की बात है जब शंकर बहुत छोटे बालक थे। चारों ओर बौद्ध धर्म का फैलाव हो चुका था। कुमारिल भट्ट शास्त्रवेत्ता तो थे किंतु वे बौद्ध तत्त्वज्ञान से अपरिचित थे। वे उसे जानना चाहते थे ताकि लोगों को मिसिंग लिंक बताकर सत्य का ज्ञान कराया जाए। चूँकि उस समय बौद्ध धर्म का पतन हो रहा था, बौद्ध धर्म को ऊपर-ऊपर से माननेवाले तथाकथित अनुयायी, शिक्षाओं को तोड़-मरोड़कर अपना उल्लू सीधा करने में लगे थे। समाज को इस ढोंग और कपट से बचाने के लिए कुमारिल भट्ट, बौद्ध धर्म की शिक्षाओं को जानना चाहते थे। इसलिए उन्होंने बौद्ध विद्यार्थी का वेष धरकर बौद्धों की एक प्रमुख पाठशाला में प्रवेश ले लिया। कुछ ही दिनों के अध्ययन के पश्चात उन्होंने उनके शास्त्रों के मर्म को भली-भाँति समझ लिया।

किसी भी सिद्धांत, फिलॉसफी का विरोध करने के लिए पहले खुद उसका अभ्यास करना पड़ता है। तब पता चलता है कि उसमें क्या कमियाँ हैं। उसकी छूटी हुई कड़ियाँ क्या हैं? कुमारिल भट्ट ने यही तकनीक अपनाई।

एक दिन की बात है कुमारिल भट्ट बौद्ध पाठशाला में अध्ययन कर रहे थे। साथ ही कई अन्य छात्र भी पठन-पाठन में लीन थे। इसी समय उनके बौद्ध गुरु वेदों की निंदा करते हुए बोले कि 'वैदिक धर्म तो पाखंडियों का धर्म है, वह तुम्हें कहीं का न छोड़ेगा।' वैदिक धर्म की ऐसी निंदा सुनकर कुमारिल भट्ट की आँखों से आँसू बहने लगे। उन्हें रोता हुआ देखकर उनके सहपाठियों तथा गुरु को शक हुआ कि वाकई यह बौद्ध विद्यार्थी है या कोई और!! समय बीतते-बीतते उन्हें पता चल गया कि

यह वैदिक धर्मी ब्राह्मण है, जो हमारे शास्त्रों के मूल तत्त्वों को समझने के लिए रूप बदलकर आया है। अतः उसे वे अपना शत्रु समझकर पाठशाला से बाहर निकालने का उपाय सोचने लगे।

अचानक एक दिन ऐसी घटना घटी कि बौद्धों की यह इच्छा पूरी हो गई। कुमारिल भट्ट एक दिन छत की मुंडेर पर बैठकर कुछ विचार कर रहे थे। वहीं आसपास कुछ और छात्र भी खड़े थे। उसी समय द्वेष बुद्धि से भरे एक छात्र ने आकर उन्हें पीछे से धक्का दे दिया। कुमारिल ने उन दुष्ट छात्रों पर कड़ी नज़र डाली और चिल्लाए, 'यदि वेद सत्य है तो देखें कि कौन मुझे मार सकता है?'

ऊँची छत से धकेले जाने पर भी वे बच गए। यह देख बौद्ध भिक्षुओं को बहुत आश्चर्य हुआ। लेकिन गिरने से कुमारिल के एक आँख की रोशनी हमेशा के लिए जाती रही। कुमारिल ने इसकी कोई परवाह नहीं की क्योंकि वे जानते थे कि उन्होंने कपट से बौद्ध पाठशाला में प्रवेश लिया था। इसलिए उन्होंने इसे भगवान द्वारा दिया गया दण्ड समझकर स्वीकार कर लिया। वे स्वयं के प्रति ईमानदार थे, अपनी गलतियों के लिए जागृत थे इसीलिए जीवन में होनेवाली अनचाही घटनाओं को भी उन्होंने सहर्ष स्वीकार किया।

कुमारिल भट्ट के मन में वेदों के प्रति जो अक्षय विश्वास था, उस भावना ने उन्हें ऊँचाई से गिरने के बावजूद बचा लिया। आपका विश्वास ही जीवन को जोड़ता है या तोड़ता है। उपरोक्त घटना में 'सही कौन-गलत कौन' को न ढूँढ़ते हुए कुमारिल के विश्वास की ताकत को पहचानना है। हमारे जीवन के जो उसूल और आदर्श हैं, क्या उनके प्रति हमें अटूट विश्वास है? या परिस्थिति बदलते ही वे भी बदल जाते हैं? कभी इस पार तो कभी उस पार डोलनेवाले विश्वास से चमत्कारिक परिणाम नहीं आते।

बौद्ध धर्म के मर्म को अच्छी तरह समझकर कुमारिल भट्ट ने फिर से वैदिक धर्म का प्रचार करना शुरू कर दिया। सारे देश में घूमकर उन्होंने बौद्धों के मत की छूटी हुई कड़ियाँ बताकर वैदिक धर्म का प्रतिपादन किया। शास्त्रार्थ में वे अपने बुद्धि, तर्क व प्रमाणों की झड़ी लगाकर बौद्ध पंडितों को चुप करा देते।

एक बार कुमारिल भट्ट को मद्देनज़र रखते हुए एक विशाल विचार सभा में शास्त्रार्थ करने के लिए बौद्ध आचार्य धर्मपाल को बुलाया गया। शर्त यह थी कि हारनेवाले को जीतनेवाले के धर्म मत को ग्रहण करना होगा या अग्नि में प्रवेश करके

प्राण त्यागने होंगे। भारत के विभिन्न प्रांतों से बौद्ध भिक्षु सभा में आए। कुमारिल भट्ट की प्रतिभा के आगे सभी बौद्ध विद्वान फीके पड़ गए। अंत में धर्मपाल के साथ उनका सामना हुआ। प्रयत्न पूर्वक उन्हें धर्मपाल को हराना पड़ा। परंतु धर्मपाल ने वैदिक मत को स्वीकार करना मान्य नहीं किया बल्कि उन्होंने प्राण त्याग करना स्वीकार किया।

कुमारिल की इस विजय से सारे भारतवर्ष में वैदिक धर्म के नवजागरण की नींव पड़ी। ऐसे अद्वितीय विद्वान, वेद रहस्य के ज्ञाता महापंडित कुमारिल भट्टपाद को शास्त्रार्थ में हराने के लिए आचार्य शंकर प्रयाग की ओर चल पड़े। अगले अध्याय में पढ़िए कुमारिल भट्ट की तत्त्वनिष्ठा की वह मिसाल, जो हमारी कल्पना के भी परे है।

14

कुमारिल भट्ट से मुलाकात भाग २

शब्दों के जाल से बने शास्त्र घने जंगल की तरह हैं, जहाँ मन केवल भटकता रहता है। इसलिए विवेकशील मनुष्य को आत्म की वास्तविक प्रकृति जानने का लक्ष्य रखना चाहिए।

जब कुमारिल भट्ट द्वारा समाज के लिए किया जानेवाला धार्मिक और आध्यात्मिक जागृति का कार्य उतरन पर था, उस समय शंकर पूरे जोर-शोर से अद्वैत ब्रह्मज्ञान के प्रसार में लगे हुए थे। समाज में धर्म की गिरी हुई हालत देखकर उन्हें विभिन्न दलों के पंडितों से शास्त्रार्थ करने की ज़रूरत महसूस हुई ताकि धर्म के नाम पर पोंगा-पंडितों ने जो पाखण्ड व कर्मकाण्ड फैलाकर रखे थे, उससे हटकर लोग सच्चे धर्म को समझ पाएँ। उन्होंने पूरे भारत की पदयात्रा कर, लोगों को समझाया कि हिंदू धर्म की विभिन्न शाखाओं, उपशाखाओं का स्रोत एक ही है। ये सारी शाखाएँ उसी स्रोत से निकली हैं, जो है- वेद। इसलिए मेरा-तेरा कहकर लड़ने की कोई ज़रूरत नहीं है। शंकराचार्य की वाणी में ऐसा कुछ तेज था कि लोग उनकी बात मानने को मजबूर हो जाते थे।

शंकराचार्य ने खुले आम इस बात की घोषणा कर दी कि सनातन वैदिक धर्म ही वास्तविक धर्म है। अंधभक्ति से उठकर लोगों को सत्य का साक्षात्कार करना चाहिए। इसके लिए कोई भी मुझसे शास्त्रार्थ करके अपना भ्रम मिटा सकता है। हिंदू

धर्म से निकले मुख्य ७५ विभिन्न मतवादियों के साथ आचार्य शंकर ने शास्त्रार्थ किया। वे सभी मत वेदमूलक हैं, इसे सिद्ध करके शंकर ने वैदिक धर्म के विराट स्वरूप की रचना की।

शंकराचार्य की इस घोषणा से देशभर में खलबली मच गई। लोग ईर्ष्यावश शंकराचार्य को ही पाखण्डी बताने लगे। लेकिन सूरज की रोशनी को कोई रोक सकता है भला? पहले छोटे-मोटे पंडित शंकराचार्य के पास आकर उनके बुद्धिबल को जाँचने लगे। फिर बड़े-बड़े प्रकाण्ड पंडितों का नंबर आया। वे भी एक-एक कर हारने लगे। इसके बाद शंकराचार्य ने राजा-महाराजाओं के धर्म आचार्यों को आवाहन किया कि वे भी आएँ और शास्त्रार्थ करें। राजाओं की छत्र छाया में पल रहे अभिमानी पंडितों को मजबूरन शास्त्रार्थ में भाग लेना पड़ा। जहाँ उनके अहंकार का घड़ा फूट गया। शास्त्रार्थ में वे शंकराचार्य को नहीं हरा पाए। सो वे उनके विरुद्ध षडयंत्र रचने लगे तथा उन्हें जान से मारने की धमकी देने लगे। परंतु ओजस्वी, अभय शंकराचार्य उनकी गीदड़ भभकियों से कहाँ डरनेवाले थे! शंकराचार्य किसी शोहरत, इज्जत, नाम या पैसे के लिए यह सब नहीं कर रहे थे। उन्हें तो बस फिकर थी समाज की, देश की, सच्चे धर्म को जीवित रखने की। इसीलिए कोई भी अड़चन उन्हें रोक न सकी।

जिस समय शंकराचार्य अपनी विद्वत्ता से सारे संसार को चकित कर रहे थे, उस समय कुमारिल भट्ट का प्रचार-प्रसार कार्य समाप्त हो चुका था। उनके प्रमुख शिष्य मंडन मिश्र ने अपने गुरु का कार्यभार स्वयं अपने कंधे पर ले लिया था। कुमारिल भट्ट ने कपट करके बौद्धों की पाठशाला में ज्ञान प्राप्त करके उनके साथ जो विश्वासघात किया था तथा उनके गुरु धर्मपाल की मृत्यु का भी वे कारण बने थे, उसके प्रायश्चित्त स्वरूप वे प्रयाग में जाकर स्वयं को अग्नि में भस्म करना चाहते थे। लोगों ने उन्हें बहुत समझाया-बुझाया लेकिन दृढ़ प्रतिज्ञ कुमारिल भट्ट ने किसी के अनुरोध को स्वीकार नहीं किया। उनकी अंतिम इच्छा थी कि देह के भस्म होने से पहले आचार्य शंकर से उनकी भेंट हो जाए। उस समय सारा देश शंकर की महिमा गा रहा था। कुमारिल भट्ट अपने अनदेखे प्रबल सहयोगी की गतिविधियाँ सुनकर बड़े ही प्रसन्न होते थे। लेकिन अब तक उनसे मुलाकात न हो सकी थी।

इधर वेद व्यास के आदेशानुसार आचार्य शंकर वृंदावन, मथुरा से होते हुए प्रयाग में पहुँच चुके थे। शास्त्रों के अगाध पंडित कुमारिल भट्ट से मिलने के लिए वे

बहुत उत्सुक थे। कुमारिल भट्ट के द्वारा वे अपने भाष्य पर समीक्षा कराना चाहते थे। प्रयाग में गंगा, यमुना, सरस्वती के त्रिवेणी संगम को देखकर उनका हृदय उल्लास से भर गया। उस स्थान की पवित्रता से उनका अंतरतम एक अनामिक भावधारा में डूब गया। वहीं पर उन्हें कुमारिल भट्ट के प्रायश्चित्त की बात मालूम हुई।

कहाँ तो शंकर, कुमारिल भट्ट से शास्त्रार्थ करने के लिए प्रयाग में आए थे, उनके साथ मिलकर वे अपने कार्य को आगे बढ़ाना चाहते थे लेकिन कुदरत को कुछ और ही मंज़ूर था। कुमारिल भट्ट की खोज में वे कुछ दूर आगे गए तो देखते क्या हैं कि एक विशाल सूखी घास के ढेर पर कुमारिल भट्ट खड़े हैं और उन्हें अग्नि दी जा रही है। वहाँ उपस्थित सभी ब्राह्मण, पंडित, शिष्यगण मायूस से खड़े यह नज़ारा देख रहे थे। तभी उन्होंने देखा कि सत्यनिष्ठ कुमारिल का शरीर अग्नि में जलने लगा। सारी यातनाओं को सहते हुए भी वे अचल पर्वत की तरह निश्चल खड़े थे। उनकी सत्यनिष्ठा देखकर शंकर चकित रह गए। आनन-फानन में वे भीड़ को हटाकर आचार्य भट्टपाद के सामने जा पहुँचे।

आचार्य शंकर को अचानक सामने देखकर कुमारिल भट्ट की खुशी का ठिकाना न रहा। हाथ जोड़कर उन्होंने शंकर के प्रति अपनी कृतज्ञता व्यक्त की। उत्तर में शंकर ने भी उन्हें प्रणाम किया। महाप्रस्थान के ठीक पहले शंकर के दर्शन कर वे अति प्रसन्न होकर बोले, 'आपके महान कार्य के बारे में सुनता आया हूँ। इस जीवन में आपसे मिलने की बड़ी इच्छा थी। अंतिम समय में आपका दर्शन पाकर मैं कृतार्थ हो गया। आप बताइए कि आप किस अभिप्राय से यहाँ आए हैं?'

कुमारिल भट्ट के मुँह से निकली बातें सुनकर आचार्य शंकर आश्चर्य में पड़ गए। वे नहीं जानते थे कि कुमारिल भट्ट उनके बारे में ऐसा सोचते हैं। कुछ देर शांत रहकर वे बोले, 'हे महापंडित, 'मैं वेदव्यासजी के आदेश से यहाँ आया हूँ। अद्वैत सिद्धांत के प्रचार के लिए मैंने ब्रह्मसूत्र आदि के भाष्य लिखे हैं। मैं चाहता हूँ कि आप उस मत को ग्रहण करके मेरे भाष्यों पर टिप्पणी लिखिए।'

शंकर के मुख से निकले वचन सुनकर वे अभिभूत हो उठे। कुछ देर चुप रहकर वे बोले, 'अब मेरे शरीर का अंत समय आ गया है। अब शास्त्रार्थ के लिए समय नहीं है। यदि आप पहले आते तो संभव था कि मैं अग्नि में प्रवेश न करता।' इस पर शंकर बोले, 'अब भी देर नहीं हुई है। मैं अपने कमण्डल का जल छिड़ककर अग्नि को शांत

कर देता हूँ।'

कुमारिल भट्ट ने जवाब में कहा 'हे आचार्य शंकर, मुझे मेरे संकल्प से हटने का अनुरोध न करें। मुझे अपना पश्चात्ताप पूर्ण करने में सहयोग दें। मैं आपकी एक मदद कर सकता हूँ। आप मेरे द्वारा जो कार्य करवाना चाहते हैं, उसे मेरे शिष्य मंडन मिश्र के द्वारा करवा सकते हैं। मंडन मेरा सबसे विद्वान शिष्य है। शास्त्रार्थ में वह मुझसे ज़रा भी कम नहीं है। उस पंडित श्रेष्ठ मंडन को शास्त्रार्थ में पराजित कर आप उसे स्वमत में मिला सकते हैं। यदि वह आपके पक्ष में आ गया तो वह आपके भाष्यों पर उत्तम टिप्पणी करेगा। शास्त्रार्थ में उसकी पत्नी उभयभारती को आप मध्यस्थ बनाइए। वह धार्मिक स्त्री किसी का पक्षपात नहीं करेगी। वे सभी विद्याओं में पारंगत हैं। उनसे बेहतर कोई भी नहीं जो आपके शास्त्रार्थ को परख कर सके।'

आगे कुमारिल ने बोलना जारी रखा, 'जब तक मेरी देह पूर्णरूप से भस्म न हो जाए, आप मेरे सामने ही खड़े रहें। मुझे आपसे विशेष प्रेम है क्योंकि आपने वेदों के उद्धार का बीड़ा उठाया है। आपके दर्शन मात्र से मेरी शारीरिक व मानसिक पीड़ाएँ समाप्त हो रही हैं। मैं अब सभी बंधनों से मुक्त हुआ।'

कुमारिल ने धर्म के लिए जैसा प्रायश्चित्त किया, वैसा उदाहरण देखने को नहीं मिलता। अग्नि की तीव्रता प्रतिपल बढ़ती जा रही थी। धीरे-धीरे अग्नि ने कुमारिल के शरीर को भस्म करना शुरू कर दिया। सभी शिष्य व भक्तगण इस हृदय विदारक दृश्य को देखकर फूट-फूट कर रोने लगे। लेकिन कुमारिल भट्ट शांतचित्त से परमात्मा के ध्यान में मगन थे। वे मृत्य को मृत्यु के रूप में नहीं देख रहे थे। उन्हें विश्वास था कि वे शाश्वत जीवन की ओर जा रहे हैं।

यह घटना बताती है कि शुद्ध चेतना की उपस्थिति कितनी बलवान होती है। उसकी उपस्थिति मात्र से सामनेवाले का चित्त शुद्ध हो सकता है... उसके सारे पाप नष्ट हो सकते हैं... उसका अपराध बोध विलीन हो सकता है... उसकी सारी शारीरिक व मानसिक यातनाएँ समाप्त हो सकती हैं... वह मृत्यु को भी साक्षी भाव से देख पाता है...। हमें अपनी चेतना का कम से कम इतना खयाल तो रखना ही चाहिए कि हमारे आस-पास रहनेवाले लोग खुशी महसूस कर सकें।

जब भी हम ऐसी महान विभूतियों का चरित्र पढ़ते हैं तो उसे एक कहानी के तौर पर लेते हैं। हम सोचते हैं कि दुनिया में कुछ ऐसे महानुभव हुए थे... जिन्होंने ऐसे

असंभव कार्य कर दिखाए... लेकिन हम उनसे अपनी तार नहीं जोड़ पाते क्योंकि उनके कार्य आसमान को छूते दिखाई देते हैं, वहीं हम अपने आप को अदना सा महसूस करते हैं। लेकिन हमें यह देखना है कि हमारे जीवन में जो भी परिस्थिति है, हम जिस भी कार्य में लगे हुए हैं, क्या हम वह सच्चाई और अच्छाई से कर रहे हैं? हमें इन विभूतियों के गुणों को दुर्लभ समझकर छोड़ नहीं देना है बल्कि हमारे स्तर पर उनमें से क्या लिया जा सकता है, इस पर मनन करना है।

आइए, अब अगले अध्याय की ओर बढ़ते हैं, जिसमें आचार्य शंकर और मंडन मिश्र के शास्त्रार्थ का अद्भुत प्रसंग जानेंगे।

15

मंडन मिश्र के साथ शास्त्रार्थ

तीर्थ करने के लिए कहीं जाने की ज़रूरत नहीं है।
सबसे बड़ा व अच्छा तीर्थ आपका अपना मन है,
जिसे विशेष रूप से शुद्ध किया गया हो।

मंडन मिश्र शास्त्रों के प्रकाण्ड पंडित थे। तर्क व युक्ति में चतुराई के कारण शास्त्रार्थ में उनके सामने कोई भी टिक न पाता था। आत्मज्ञानी और शास्त्रज्ञाता होते हुए भी वे बड़े ठाठ-बाट से रहते थे। कुमारिल भट्ट के शिष्य होने के नाते वे भी द्वैतवाद को माननेवाले थे। अर्थात भक्त और भगवान को अलग-अलग मानते थे। वे ऋषि जैमिनि के मीमांसा शास्त्र* को माननेवाले थे। उनकी पत्नी का नाम सरस्वती देवी था। वे एक बुद्धिमान स्त्री थीं। मानो साक्षात सरस्वती का ही अवतार हों। रूप और गुण में समान रूप से सुंदर होने के कारण लोग उन्हें 'उभयभारती' कहने लगे।

मंडन मिश्र अपने गुरु की तरह वैदिक धर्म के प्रचार के लिए सदा प्रयत्नशील रहते थे। दूर-दूर से उन्हें शास्त्रार्थ के लिए बुलाया जाता था। वे प्रवृत्ति मार्ग (कर्म मार्ग)

---

* ऋषि जैमिनि रचित दर्शन को मीमांसा शास्त्र कहते हैं। इसमें वेद वाक्यों के अर्थ पर मनन, चिंतन, विवेचन किया गया है और वेद के यज्ञपरक वचनों की व्याख्या बड़े विचार के साथ की गई है।

के प्रबल समर्थक व अत्यंत कर्मठ गृहस्थ थे। निवृत्ति मार्ग (ज्ञान मार्ग) में उनकी आस्था नहीं थी। अर्थात वे एक कर्मकांडी पंडित थे। वे मानते थे कि कर्मकांड किए बिना अंतिम सत्य प्राप्त नहीं किया जा सकता। उनकी प्रखर प्रतिभा के सामने लोग उनसे शास्त्रार्थ करने से घबराते थे।

ऐसे महिमामयी मंडन मिश्र से शास्त्रार्थ करने के लिए शंकराचार्य पहुँच गए नर्मदा नदी के किनारे स्थित 'माहिष्मति' नामक नगर में, जहाँ मंडन मिश्र निवास करते थे। डर तो उनसे कोसों दूर था क्योंकि उन्हें विश्वास था कि जब जिस ज्ञान की ज़रूरत होती है, भीतर से वह अपने आप बाहर निकलता है। आचार्य शंकर जब मंडन मिश्र के घर पहुँचे तब उनके यहाँ पिता का श्राद्ध चल रहा था। उन्होंने द्वारपाल को हिदायत दे रखी थी कि आज के दिन कोई भी संन्यासी भीतर प्रवेश न कर पाए।

शंकर ने द्वारपाल से अंदर जाने के लिए कई बार मिन्नतें कीं मगर मंडन मिश्र के आदेश के कारण द्वारपाल ने आचार्य शंकर को अंदर जाने की अनुमति नहीं दी। श्राद्ध व विवाह आदि शुभ कार्यों में संन्यासी का आगमन निषिद्ध माना जाता है। इसी बीच पंडित मंडन मिश्र द्वार पर पहुँच गए। अचानक एक तेजस्वी संन्यासी को सामने देखकर, वे क्रोधित होकर द्वारपाल को डाँटने लगे।

खैर... शंकर की ओर मुड़कर उन्होंने शंकर से आने का कारण पूछा। शंकर बोले, 'मैंने आपकी विद्वत्ता की बड़ी प्रशंसा सुनी है। आज श्राद्ध के दिन मैं आपसे शास्त्रार्थ की भिक्षा माँगता हूँ। मेरी प्रबल इच्छा है कि मैं आपसे शास्त्रार्थ करूँ।'

शंकर को सिर से पैर तक घूरते हुए वे बोले, 'किससे शास्त्रार्थ? तुमसे? तुम हो कौन?' शंकर ने सादगी से जवाब दिया, 'मैं ब्राह्मण कुल से हूँ। शास्त्रवेत्ता आचार्य गोविंदपाद से मैंने शास्त्रों का ज्ञान प्राप्त किया है। आपके साथ शास्त्रार्थ करने की इच्छा लेकर मैं यहाँ आया हूँ।' मंडन मिश्र ने तेवर चढ़ाते हुए कहा, 'बाहरी लक्षणों से तो तुम ब्राह्मण नहीं लगते। न तो तुम्हारे गले में जनेऊ है और न ही सिर पर शिखा (उपनयन संस्कार के बाद सिर पर रखी जानेवाली चोटी)?'

शंकर ने तुरंत जवाब में कहा, 'क्या जनेऊ और शिखा रखने भर से कोई ब्राह्मण हो जाता है? व्यर्थ का भार उठाने से क्या लाभ? ब्राह्मण तो वह है जो सदा ब्रह्म में रमण करता है। अर्थात हमेशा सेल्फ के साथ जुड़ा रहता है, अपने होने के अनुभव में

ही मस्त रहता है। बाह्य लक्षणों से ब्राह्मण की पहचान तो दिखावा मात्र है। ब्रह्मज्ञान का अनुभव ही ब्राह्मण का लक्षण है।'

शंकर की बातों को सुनकर मंडन मिश्र क्रोधित होकर बोले, 'लगता है तुम सब कुछ त्यागकर संन्यासी हो गए हो। तुम भगवा चोले का भार सह सकते हो लेकिन जनेऊ और शिखा का भार तुम्हें सहन नहीं होता? कैसी हास्यास्पद बात है?'

इस तरह मंडन मिश्र आचार्य शंकर के साथ बहुत अभद्रता से पेश आए। अंत में वहाँ उपस्थित ऋषियों ने उन्हें रोका। वे आचार्य शंकर की अवस्था पहचान गए इसलिए उन्होंने मंडन मिश्र को आचार्य शंकर से माफी माँगने के लिए कहा।

मंडन मिश्र ऋषियों की आज्ञा को नहीं टाल सकते थे। अतः उन्होंने शंकर से क्षमा माँगी और शंकर की शास्त्रार्थ की भिक्षा भी स्वीकार की। तय यह हुआ कि जिसकी हार होगी वह जीतनेवाले का शिष्य बनेगा। साथ ही मंडन की पत्नी मध्यस्थता करेंगी।

उपरोक्त घटना प्रमाणित करती है कि किस तरह उच्च चेतना में स्थित विद्वान भी अहंकार में लिप्त हो सकता है। इसे ही सत्त्वगुणी का अहंकार कहते हैं। शास्त्र, पुराणों का अभ्यास करके इंसान बुद्धि और युक्तिवाद में तो ज्ञानी हो जाता है लेकिन बाहरी लक्षणों से मनुष्य की भीतरी अवस्था को परखने की गलती कर बैठता है। वह भूल जाता है कि बाहरी वेषभूषा, तिलक-चंदन तो मात्र दिखावटी बातें हैं। हर साधक को इससे बचना चाहिए।

नियोजित समय पर दोनों महापंडितों का शास्त्रार्थ शुरू हुआ। कई पंडित व विद्वान शास्त्रार्थ सुनने के लिए वहाँ उपस्थित थे। शंकर और मंडन मिश्र के आग्रह पर सरस्वती देवी ने मध्यस्थता पद को स्वीकार किया। फिर उन्होंने दोनों को अपना-अपना पक्ष रखने के लिए कहा।

आचार्य शंकर की प्रतिज्ञा

आचार्य शंकर ने प्रतिज्ञा की और अपना विचार रखते हुए कहा, 'अद्वैत वेदान्त सिद्धांत के अनुसार ब्रह्म सत्, चित्, आनंद स्वरूप है। जिस तरह एक सीप के अंदर चाँदी के होने का भास होता है पर चाँदी होती नहीं है, उसी तरह सत्, चित्, आनंद

के भीतर इस संपूर्ण संसार का आभास होता है मगर वह दिखावटी सत्य मात्र है। उपनिषदों के 'तत्वमसि', 'अहं ब्रह्मास्मि' 'प्रज्ञानं ब्रह्म', 'अयमात्मा ब्रह्म' आदि महावाक्यों द्वारा जब जीव व ब्रह्म की एकता का अनुभव होता है, तब यह दिखावटी संसार समाप्त हो जाता है और जीव अपने सच्चे स्वरूप सत्, चित्, आनंद में स्थित हो जाता है। अब वह जन्म-मरण की चिंताओं से भी मुक्त हो जाता है।

अद्वैत ब्रह्मज्ञान अर्थात सेल्फ के साथ एकम का अनुभव ही वेद का एकमात्र उद्देश्य है। कर्म, उपासना, साधना मन की शुद्धि के उपाय मात्र हैं। चित्त शुद्धि के बाद ही मनुष्य को अपने होने का अनुभव हो सकता है। तभी मुक्ति संभव है। अतः कर्म या उपासना तो मुक्ति के साधन मात्र हैं, साध्य नहीं। परमज्ञान ही मनुष्य को दो के पार अर्थात अद्वैत अवस्था का अनुभव करा सकता है।

यही मेरा मत है और उपनिषद् इसके प्रमाण हैं। हे परमज्ञानी मंडन यदि शास्त्रार्थ में मैं तुमसे पराजित हुआ तो मैं अपने गेरुआ वस्त्रों का त्याग करके, श्वेत वस्त्र धारण करूँगा और तुम्हारे सिद्धांतों को मानूँगा।

मंडन मिश्र की प्रतिज्ञा

आचार्य शंकर की प्रतिज्ञा सुनकर महान कर्मकाण्डी व वेद मर्मज्ञ मंडन मिश्र ने अपने सिद्धांतों को रखते हुए प्रतिज्ञा की- 'मैं वेद के कर्मकाण्ड भाग को ही सत्य मानता हूँ। वेद ईश्वर प्राप्ति की विधियों का वर्णन करते हैं, जबकि उपनिषद् विधि का वर्णन न करते हुए उसके स्वरूप को बताते हैं। शब्दों की शक्ति सीमित है। उससे दुःख मुक्ति नहीं मिल सकती। कर्म के द्वारा ही दुःख मुक्ति संभव है। अतः मनुष्य को मरते दम तक कर्मयज्ञ करते रहना चाहिए। वेद में ब्रह्म के साथ एकरूप होने का जो उपदेश दिया है, वह इसलिए ताकि मनुष्य कर्म को पूर्णता से करे। अंतहीन कर्म करने से अंतहीन स्वर्ग मिलता है। यदि इस शास्त्रार्थ में मैं हार गया तो मैं गृहस्थ धर्म छोड़कर संन्यासी बन जाऊँगा।'

आचार्य शंकर और मंडन मिश्र दोनों ने यह प्रतिज्ञा की कि जो भी पराजित होगा, वह विजेता के मत को स्वीकार करके उसके पक्ष में शामिल हो जाएगा।

दोनों के बीच गंभीर शास्त्रार्थ आरंभ हुआ। शंकराचार्य ने मंडन मिश्र के मत को नकारते हुए अपने मत का समर्थन किया। मंडन ने आचार्य की युक्तियों का खंडन कर,

अपने पक्ष को सही बताया। युक्तिवाद अब और भी सूक्ष्म स्तर पर चलने लगा। दोनों पक्षों की तरफ से कठिन से कठिन प्रश्नों के उत्तर दिए जा रहे थे। दोनों ही पक्ष बराबरी के प्रतिभावान थे। अतः शास्त्रार्थ रुकने का नाम नहीं ले रहा था। शंकराचार्य जिस अद्वैतवाद को तरह-तरह से स्थापित कर रहे थे, मंडन मिश्र भी अनेक प्रमाणों और उदाहरणों द्वारा उनका खंडन कर रहे थे। कहते हैं यह शास्त्रार्थ कई दिनों तक चला।

आचार्य शंकर ने अपने तर्क और अनुभव से मंडन मिश्र के कहे सभी पक्षों का खंडन कर दिया। आचार्य ने सिद्ध कर दिया कि वेदान्त, ब्रह्म ज्ञान का प्रमाण है, कर्म का नहीं।

अंत में 'तत्वमसि' महावाक्य को लेकर निर्णायक शास्त्रार्थ शुरू हुआ। जिसका अर्थ है 'तुम वह हो, जिसे तुम खोज रहे हो'। मंडन मिश्र ने अपनी बात रखते हुए कहा, 'जीव और ब्रह्म (भक्त और भगवान, खोजी और जिसकी खोज की जा रही है) की एकता कभी भी सिद्ध नहीं हो सकती। क्योंकि इस एकता का कोई प्रत्यक्ष प्रमाण नहीं है। प्रत्यक्ष जो दिखता है, वह तो अद्वैत का विरोधी ही है क्योंकि प्रत्येक मनुष्य का प्रतिदिन का अनुभव है कि 'मैं ईश्वर नहीं हूँ'। सिर्फ 'तत्वमसि' कह देने भर से जीव-ब्रह्म की एकता सिद्ध नहीं होती।'

शंकर ने शांति से उत्तर दिया, 'इंद्रियों के द्वारा भक्त और भगवान के एकम का ज्ञान कभी नहीं हो सकता। इंद्रियों की पहुँच तो भगवान तक है ही नहीं क्योंकि भगवान तो मन, बुद्धि, इंद्रियों से परे है। इंद्रियों के शांत बैठने पर ही भगवान का अनुभव किया जा सकता है क्योंकि तब सिर्फ वही बचता है।'

देखिए, जिस तराजू से आप तौल रहे हैं, यदि वही सही न हो तो क्या सही तौल जानी जा सकती है? यदि एक बच्चा अपने स्वर्गवासी दादाजी की तसवीर देखकर कहे कि 'ये मेरे दादा नहीं हैं क्योंकि मैंने उन्हें कभी देखा ही नहीं है' तो क्या वह सत्य कह रहा है? वह कभी भी इसका सबूत नहीं पा सकता।

आचार्य के इस जवाब पर मंडन ने दूसरा तर्क दिया, 'ईश्वर सर्वज्ञ (सब जानता है) है और व्यक्ति अल्पज्ञ (थोड़ा ही जानता है)। फिर दोनों का एक होना कहाँ तक उचित है? अर्थात 'ईश्वर तत्त्व ही मैं हूँ', यह तो विरोधाभासी लगता है। इस पर आचार्य ने चतुराई से जवाब दिया कि विरोधाभास की कोई गुंजाइश ही नहीं है। जब

तक मनुष्य स्वयं को एक अलग व्यक्तित्व मानता है तब तक वह भगवान से एकरूप होने का अनुभव नहीं कर सकता। लेकिन जब वह संपूर्ण समर्पित हो जाता है, उसकी तरफ से कुछ भी उसका नहीं रहता तब 'तत्वमसि' की अवस्था आती है।

इसके बाद मंडन मिश्र ने मुण्डकोपनिषद्, कठोपनिषद् की श्रुतियों (श्लोकों) के उदाहरण दिए, जो भक्त और भगवान में स्पष्ट भेद मानते हैं। इसके जवाब में आचार्य बोले, 'इन श्रुतियों से भी अद्वैत सिद्धांत की सच्चाई में बाधा नहीं आती। उन पर गहराई से मनन किया जाए तो वे भक्त और भगवान में एकता का दर्शन ही कराती हैं। अपने अज्ञान के कारण हम उनकी वास्तविकता का रहस्य नहीं समझ पाते।' आचार्य की युक्ति सुनकर मंडन मिश्र निरुत्तर हो गए। शास्त्रार्थ को दूसरे दिन तक के लिए स्थगित कर दिया गया।

परम ज्ञान शास्त्रों में उपलब्ध होने पर भी वह सबको इसलिए नहीं मिल पाता क्योंकि साधक अपनी-अपनी समझ के अनुसार उन्हें ग्रहण करता है। जैसे गीता में श्रीकृष्ण ने कहा, 'मैं ही वह हूँ।' यहाँ पहले यह समझने की आवश्यकता है कि वे 'मैं' किसे कह रहे हैं। वे स्वयं के शरीर को 'मैं' नहीं कह रहे हैं बल्कि उस उच्च चेतना को 'मैं' कह रहे हैं, जिसका वे अनुभव करते हैं। यह स्पष्ट अंतर समझे बिना वेद-उपनिषदों के ज्ञान को भी व्यक्ति कई अर्थ लगाता है।

अगले दिन शास्त्रार्थ के आरंभ में शंकर ने कहा, 'सत्य को अनुभव से जाननेवाला कर्म और उनके फलों को देखते हुए जान जाता है कि ये फल तो नश्वर हैं। अतः उसे फल से वैराग्य हो जाता है। वह जान जाता है कि मोक्ष नामक फल किसी कर्म से प्राप्त नहीं हो सकता क्योंकि वह तो उपलब्ध है ही। वह हर कार्य और कारण के बाहर है। वह न कर्म में है, न उसके फल में, वह तो बस है।'

आचार्य की बातें मंडन को उचित प्रतीत हो रही थीं लेकिन द्वैत के प्रति उनकी निष्ठा बनी रही। उन्होंने आचार्य से पूछा, 'आप तर्क देकर त्रिकालदर्शी जैमिनि ऋषि के कर्मकाण्ड के सिद्धांतों का खण्डन कैसे कर सकते हैं?'

आचार्य ने कहा, 'मीमांसक जैमिनि के कर्मकाण्ड के सिद्धांत में कोई शंका नहीं है। उनके सिद्धांत सत्य की ओर ही इशारा करते हैं। कई बार एकदम से अंतिम सत्य की बात की जाए तो वह खोजी के गले नहीं उतरती। ऐसे में वे उसका दुरुपयोग कर

सकते हैं। इसलिए फिर अलग तरीके से बताने की ज़रूरत पड़ती है। जैसे 'तुम नहीं हो कर्ता' कहने पर इंसान कोई भी अनैतिक कार्य करके इस महावाक्य का दुरुपयोग कर सकता है। इसके लिए पहले उसे पाप-पुण्य की भाषा में ज्ञान देना ज़रूरी होता है।

साधारणतया मनुष्य इंद्रियों के विषयों के प्रति आसक्त रहता है। अतः उसे दिशा देने के लिए जैमिनि ने पुण्य कर्मों को करने पर जोर दिया है। सकाम कर्म ही धीरे-धीरे मनुष्य को निष्काम कर्म की ओर ले जाते हैं। जिससे अंतःकरण की शुद्धि होती है। शुद्ध मन में सत्य की प्यास जागती है और फिर खोज शुरू होती है।

आगे आचार्य ने विषय को और स्पष्ट करते हुए कहा, 'कर्म के द्वारा जो सुखदायी फल आते हैं, एक दिन वे भी चले जाते हैं। सम्मान होगा तो अपमान भी मिलेगा, जन्म होगा तो मृत्यु अटल है। मोक्ष यदि प्राप्त होता तो उसका विनाश भी निश्चित होता। लेकिन वह प्राप्त करने की बात ही नहीं है। वह अविनाशी तो हमेशा उपलब्ध है। हर समय... हर जगह पर...। मनुष्य अज्ञानवश अपने आपको बंधन में मानता है। ब्रह्म (सेल्फ) का अनुभव करने के बाद वह खुद ब्रह्म (सेल्फ) स्वरूप हो जाता है। अतः मोक्ष उत्पन्न नहीं होता, बस अज्ञान का परदा हटता है। जैसे सूरज के सामने से बादल हट जाएँ तो चारों ओर प्रकाश छा जाता है। इस उदाहरण से कर्म की जड़ता प्रतीत होती है।

जैसे अंधेरे कमरे में इंसान रस्सी को साँप समझकर डर गया। उसकी साँस तेज चलने लगी व दिल की धड़कन बढ़ गई। तभी घर का दूसरा सदस्य लालटेन लेकर वहाँ आया, जिसकी रोशनी में इंसान को साफ-साफ दिखाई दिया कि जिसे वह साँप समझ रहा था, वह तो रस्सी है। अब उसका डर जाता रहा। दुःख दूर हुआ और सत्य सुख प्राप्त हुआ।'

शंकर ने आगे कहा, 'यहाँ पर डर को भगाने के लिए किसी कर्म की आवश्यकता नहीं पड़ी। सिर्फ सत्य ज्ञान से डर की निवृत्ति और सुख की प्राप्ति हुई।' शास्त्रों और उपनिषदों के वाक्यों को 'अहं ब्रह्मास्मि' 'तत्वमसि' 'सोहम्' या आज के शब्दों में कहें तो 'ईश्वर ही है' 'वही मैं हूँ' को अनुभव से जानकर, सारे सांसारिक दुःखों की निवृत्ति तथा तेजआनंद की प्राप्ति हो सकती है।

कहने का तात्पर्य है कि जब तक इंसान स्वयं को शरीर मानकर जीता है, तब

तक उसे अनेक तरह की चिंताएँ और दुःख सताते हैं लेकिन जैसे ही गुरु ज्ञान का उजाला होता है, उसे सब कुछ साफ-साफ दिखाई देने लगता है। जिन सांसारिक दुःखों को वह साँप समझ रहा था, उनकी असलियत वह जान लेता है। अनुभव से 'मैं कौन हूँ' जान लेने के बाद उसे शरीर के साथ जुड़े सुख-दुःख से दूरी बनाना आ जाता है।

आचार्य शंकर के तर्क सुनकर मंडन मिश्र चुप से हो गए। उन्हें इसके खंडन में कुछ भी कहते नहीं बना। उन्होंने अपनी हार स्वीकार कर ली। इतना ही नहीं, उन्होंने आचार्य की स्तुति करते हुए कहा, 'मैं आपकी अनंत महिमा का गुणगान किन शब्दों में करूँ? द्वैतवादी भक्त समझता है कि स्थूल शरीर की मृत्यु के बाद वह अन्य लोक में जाएगा और वहाँ अपने सत्कर्मों के आधार पर स्वर्ग सुख भोगेगा। इसे ही वह मोक्ष मान बैठता है। आज समझ में आ रहा है कि अपने मूल स्वरूप का अनुभव ही मोक्ष है। जहाँ द्वैत भाव का प्रवेश नहीं है। अज्ञान और अहंकार के वश में मैंने आपसे न जाने कितनी कटु बातें कहीं। कृपया मुझे क्षमा करें। अपनी प्रतिज्ञा के अनुसार मैं अपनी पत्नी, पुत्र, धन, घर, गृहस्थाश्रम, मान-सम्मान सबको त्यागकर, आपका शिष्यत्व स्वीकार करता हूँ। कृपया मुझे ब्रह्मतत्व का उपदेश दीजिए।'

तभी उभय भारती ने अपने पति की बात को बीच में ही काटते हुए आचार्य शंकर से कहा, 'मेरे पति मंडन मिश्र आपसे पराजित हुए हैं किंतु उनकी हार अधूरी है। शास्त्र के अनुसार मैं उनकी अर्धांगिनी हूँ। जब तक आप मुझे शास्त्रार्थ में पराजित नहीं करते, मेरे पति की हार अपूर्ण होगी। ऐसे में आप उन्हें शिष्य नहीं बना सकते।'

आचार्य शंकर ऐसी अनपेक्षित स्थिति के लिए तैयार नहीं थे। वे हड़बड़ाते हुए बोले, एक स्त्री के साथ वाद करना मुझे उचित मालूम नहीं पड़ता।' इस पर उभयभारती बोलीं, 'आचार्य, क्या आप स्त्री को तुच्छ समझते हैं इसलिए उसके साथ शास्त्रार्थ नहीं करना चाहते? आपके सिद्धांतों को जो चुनौती दे, वह स्त्री हो या पुरुष, उसके साथ शास्त्रार्थ करना सर्वथा उचित है। यदि आप शास्त्रार्थ नहीं करेंगे तो आपको अपनी हार स्वीकार करनी होगी।'

आखिर में आचार्य शंकर उभयभारती के साथ शास्त्रार्थ के लिए तैयार हो गए। उन्होंने उभयभारती के पांडित्य के बारे में काफी सुन रखा था। यह शास्त्रार्थ आचार्य के साथ-साथ अन्य उपस्थित लोगों के लिए भी कुतुहल का विषय था। दोनों ने

अपने-अपने विचार रखना आरंभ किया। उभयभारती सूक्ष्म, गहन, अतिगहन प्रश्न करने लगीं। उनकी विचार शैली, तर्क बुद्धि देखकर शंकर और अन्य उपस्थित गण बहुत विस्मित हुए। इस प्रकार दिनों-दिन यह शास्त्रार्थ चला। अर्थशास्त्र, धर्मशास्त्र, मोक्षशास्त्र सभी विषयों का शास्त्रर्थ में समावेश किया गया। कुछ दिनों बाद उभयभारती ने भी जान लिया कि आचार्य को वेदों और शास्त्रों में हराना संभव नहीं है।

अतः उन्होंने युक्तिपूर्वक आचार्य से कामशास्त्र के बारे में प्रश्न पूछना शुरू किया। वे जानती थीं कि शंकर संन्यासी हैं, ब्रह्मचारी हैं और उन्होंने कड़ाई से इसका पालन भी किया है। सो वे इसका जवाब नहीं दे पाएँगे और हुआ भी यही। उभय भारती के प्रश्नों पर शंकर सिर झुकाए बैठे रहे। फिर धीरे से बोले, आप संन्यासी से ऐसे सवाल क्यों पूछ रही हैं? आप शास्त्रीय प्रश्न पूछें, मैं उनका उत्तर दूँगा।'

उभयभारती ने जवाब में कहा, 'काम शास्त्र क्या शास्त्र नहीं है? यदि आप सिद्ध संन्यासी हैं तो इंद्रियाँ आपके वश में होंगी। फिर काम शास्त्र की चर्चा में चित्त विकार भला क्यों होगा?'

उभयभारती की बातें सुनकर आचार्य स्तब्ध रह गए। मंडन मिश्र ने भी पत्नी को बहुत समझाया। इस पर वे बोलीं, 'ज्ञान प्राप्त होने पर काम-क्रोध आदि विकारों पर विजय प्राप्त होती है। काम शास्त्र की चर्चा से यदि चित्त में विकार पैदा होता है, इसका मतलब है कि अभी आचार्य तत्त्वज्ञान में पूरी तरह से प्रतिष्ठित नहीं हुए हैं। अतः ये आपके गुरु होने के योग्य नहीं हैं।'

अंत में आचार्य शंकर ने उनसे विनती की, 'कृपया, आप मुझे तीन महीने का समय दीजिए। मैं आपके सभी प्रश्नों के उत्तर दूँगा।' उभयभारती ने उनकी विनति स्वीकार कर ली।

आचार्य शंकर अपने शिष्यों सहित वहाँ से चल पड़े। आगे बताया गया है कि कैसे उन्होंने एक मृत राजा के शरीर में प्रवेश किया और तीन महीने में काम शास्त्र से संबधित सभी प्रश्नों के उत्तर में एक ग्रंथ लिख डाला। तीन महीने बाद वे फिर से अपनी काया में लौट गए और वह ग्रंथ जाकर उभयभारती को दिया। वे संतुष्ट हुईं और इस तरह मंडन मिश्र ने आचार्य शंकर को अपना गुरु मान लिया।

सभी सांसारिक वासनाओं का त्याग करके मंडन मिश्र ने संन्यास धर्म ग्रहण

किया। तब आचार्य शंकर ने उन्हें 'तत्वमसि' का उपदेश दिया। इस उपदेश से वे अहंकार के जन्म-मरण के चक्र से मुक्त हो गए। सभी औपचारिकताओं के बाद आचार्य ने उन्हें उपनिषदों का रहस्य समझाया। मंडन मिश्र का हृदय परम आनंद से भर गया। वे धन्य-धन्य हो गए। आगे चलकर यही मंडन मिश्र सुरेश्वराचार्य के नाम से जाने गए। वे आचार्य शंकर के चार प्रमुख शिष्यों में से एक हुए।

आदि शंकराचार्य ने जिस अव्यक्तिगत कार्य का बीड़ा उठाया था, उसके लिए उन्होंने बुद्धि, युक्ति, चातुर्य, सिद्धि सभी को दाँव पर लगा दिया। सत्य प्राप्ति की साधनाओं को करने के दौरान सिद्धियाँ स्वतः ही उनके भीतर समा गई थीं इसलिए वे मृत शरीर में प्रवेश कर पाए। योगी सिद्ध पुरुष के शरीर में अनेक शक्तियाँ प्रकट हो जाती हैं। जैसे पानी पर चलना, आकाश में उड़ना, पर काया में प्रवेश करना आदि। आचार्य तो सिद्ध पुरुष थे ही तो उनके लिए यह कार्य कठिन नहीं था। उन्हें यश कीर्ति की कोई चाहत नहीं थी। वे तो बस किसी भी तरह से उस समय के विद्वान पंडितों को अपने साथ लेकर चलना चाहते थे ताकि प्रचार कार्य में तेजी आ सके।

आदि शंकराचार्य की जीवन की एक-एक घटना दर्शाती है कि वे किस तरह सत्य के प्रति समर्पित थे। बचपन से ही जगी सत्य की प्यास ने उन्हें खाली कर दिया था। मन में सिर्फ एक ही विषय घूमता रहता था कि किस तरह हरेक मनुष्य तक ईश्वर का रहस्य पहुँचाया जाए। सेल्फ ऐसे ही शरीरों से अभिव्यक्त होता है और दुनिया में सत्य का प्रकाश फैलाता है। जिस शरीर में सत्यावी विचारों के साथ विकारी विचारों की मिलावट नहीं होती, वहाँ सेल्फ पूर्ण प्रकाशित होता है। इन विकारी विचारों से खाली होना ही इंसान का पहला लक्ष्य है। अतः मनन हो कि ऐसी अवस्था पाने के लिए हम कौन सा कदम उठा रहे हैं? यदि हम किसी सेवा कार्य से जुड़े हैं तो क्या वह निष्काम भाव से हो रही है या वहाँ भी मन की वृत्तियाँ आड़े आ रही हैं?

16

श्रृंगेरी मठ की स्थापना

हर इंसान को यह समझना चाहिए कि
आत्मा (सेल्फ) एक राजा के समान होती है,
जो शरीर, इंद्रिय, मन और बुद्धि से बिलकुल अलग होती है।
आत्मा (सेल्फ) इन सबका साक्षी स्वरूप है।

मंडन मिश्र पर विजय प्राप्त करने के बाद देशभर में आचार्य शंकर की ख्याति फैल गई। उनका कार्य अब और भी आसान हो गया। मंडन मिश्र के सारे अनुयायी तो आचार्य के साथ हुए ही, इसके अलावा अनेक योगी, संन्यासी, ब्रह्मचारी तथा गृहस्थों ने भी उनके मत को स्वीकार किया। सैकड़ों, हज़ारों शिष्य उनके आगे झुकने लगे। उनके अनुयायियों का एक विराट समूह तैयार हो गया।

शिष्यों और अनुयायियों के आग्रह पर वे दिग्विजय के लिए निकल पड़े। इस दिग्विजय में उन्हें विभिन्न मतों के विद्वानों के साथ विचारों का आदान-प्रदान करने का अवसर मिला। अपनी सहज, सरल और स्पष्ट शैली में लोगों को ज्ञान प्रदान कर, उन्होंने अनेकों को वैदिक धर्म की शीतलता में आश्रय दिया। इसके अलावा उस दौरान आचार्य के चरित्र की विशेषताओं को भी खुलने का मौका मिला। जिस वजह से सारे संसार को पता चला कि वे परम ज्ञानी संत ही नहीं बल्कि मानव कल्याण के देवदूत भी हैं।

आचार्य ने अनेक ग्रंथों की रचना की। जिनमें वेदांत भाष्य बहुत प्रसिद्ध है। इस भाष्य का नाम शारीरिक भाष्य है। इसे अत्यंत श्रद्धा की दृष्टि से देखा जाता है। इस भाष्य में अद्वैतवाद को बहुत विस्तार से समझाया गया है।

आचार्य अब श्रृंगेरी की ओर बढ़ चले थे। रास्ते की बाधाओं, दिक्कतों का सामना करते हुए वे आगे बढ़ते जा रहे थे। लोगों के विकारों से भरे मन पर सांत्वना का अमृत बरसाते हुए... लोगों के मन में आशा, विश्वास और आनंद का एहसास जगाते हुए वे निरंतर लोकमंगल में मग्न रहे। अब शंकराचार्य अकेले नहीं थे बल्कि हज़ारों अनुयायी उनके साथ चल रहे थे।

आठ साल की उम्र में घर छोड़कर, संन्यास लेकर बालक शंकर जब केरल से गुरु गोविंदपाद की तलाश में निकले थे तब रास्ते में उन्हें श्रृंगेरी पड़ा था। वहाँ का प्राकृतिक सौंदर्य व शांतता उन्हें बहुत भायी थी। शंकर नहीं जानते थे कि इस जगह पर आगे चलकर वे एक मठ की स्थापना करेंगे।

श्रृंगेरी में आचार्य के पहुँचने की खबर पाते ही वहाँ आस-पास की जगहों से अनेक साधक, सत्य के खोजी, जिज्ञासु इकट्ठा होने लगे। शंकराचार्य अपने स्वरचित भाष्य तथा अन्य शास्त्रों को सरल बनाकर लोगों तक पहुँचा रहे थे। आचार्य ने अपने शिष्यों पद्मपादाचार्य तथा सुरेश्वराचार्य के बुद्धि कौशल तथा प्रचार प्रवीणता को देखकर उन्हें भी धर्म प्रचार की आज्ञा दी। अब अनेक धर्म जिज्ञासु उनके शिष्य बने। धीरे-धीरे वहाँ मंदिर व मठ की स्थापना की गई। अद्वैत ज्ञान युगों-युगों तक लोगों के पास पहुँचने हेतु यह मठ आज भी कार्यरत है। इस मठ की स्थापना आध्यात्मिक इतिहास की एक महत्वपूर्ण घटना है।

यह एक ऐसा स्थान बना, जहाँ से लोगों को यह संदेश गया कि कोई भी धर्म या पंथ किसी की निजी संपत्ति नहीं है बल्कि सभी धर्म एक समान उद्देश्य को लेकर चल रहे हैं, जो एक विराट विश्व धर्म की ओर इशारा कर रहे हैं। अद्वैत वेदांत में संसार के सभी धर्मों को स्थान दिया गया। संसार के सभी धर्म अद्वैतवाद रूप वटवृक्ष की ही अनेक शाखाएँ हैं और वेदांत ज्ञान में ही सारी साधनाओं का अंत होता है।

आज भी लोग अलग-अलग धर्मों को लेकर विवाद छेड़ते हैं, वे यह नहीं जानते कि सभी का मूल एक ही है- 'स्वयं को अनुभव से जानना।' इस मूल तत्त्व को छोड़कर बाकी ऊपरी-ऊपरी बातों में लोगों का ध्यान लगा रहता है। हर कोई

अपने धर्म को श्रेष्ठ सिद्ध करने में लगा है। ऐसे में इस समझ की ज़रूरत है कि इंसान को एक नए धर्म की नहीं बल्कि एक ऐसे धागे की आवश्यकता है, जो सारे धर्मों को एक सूत्र में बाँधकर रखे। यह धागा है सत्य ज्ञान की तेज समझ का, जो हर धर्म का मूल तत्त्व है।

श्रृंगेरी में रहने के दौरान आनंदगिरी नामक एक युवक शंकराचार्य का शिष्य बना। आनंदगिरी ज्यादा पढ़ा-लिखा नहीं था लेकिन वह बड़े शुद्ध मन से, बड़ी ही निष्ठा से गुरुसेवा करता था। साथ ही साथ वह अपने गुरु भाइयों की भी सेवा करता था। देखिए, किसी संस्था के लक्ष्य की पूर्ति हेतु कुछ कार्यक्षम लोग सेवा देते हैं, जो सेवक कहलाते हैं और कुछ लोग इन सेवकों की सेवा करते हैं ताकि संस्था का कार्य सुचारु ढंग से चल सके। यह भी उच्चतम सेवा है। आनंदगिरी यही सेवा करता था। वह आश्रम में साधकों के कपड़े धोता, साफ-सफाई करता, गुरु के नहाने-धोने का प्रबंध करता, सोते समय उनके पैर दबाता था। थोड़े ही दिनों में नम्र, सेवाभावी और मीठा बोलनेवाला गिरी सबका तथा आचार्य का प्रिय बन गया। वह छाया की तरह सदा गुरु के निकट बना रहता था।

आचार्य के बाकी शिष्यों ने अनेक शास्त्रों का अध्ययन किया था। शास्त्र व्याख्या, मनन, चिंतन में वे बहुत प्रगल्भ हो गए थे। उनके सामने आनंदगिरी का कोई टिकाव नहीं था। लेकिन वह गुरु के प्रति अपार निष्ठा रखता था। आचार्य जब शिष्यों को अध्यात्म की शिक्षा देते तो चाहे समझे या न समझे, वह गुरु के पास बैठकर सब कुछ ध्यान से सुनता। उसके श्रवण में कभी खंड नहीं पड़ता था।

एक दिन आनंदगिरी नदी पर गुरु के कपड़े धोने गया। इधर गुरु के प्रवचन का समय हो गया। सभी शिष्यगण प्रवचन के शुरू होने का इंतज़ार करने लगे। आचार्य ने कहा, 'गिरी आता ही होगा, थोड़ी देर बाद प्रवचन शुरू करेंगे।' कुछ देर इंतज़ार करने के बाद भी गिरी नहीं लौटा तो पद्मपाद ने पूछा, 'गिरी के लिए इतनी प्रतीक्षा क्यों की जा रही है? क्या वह आपके वचनों को ठीक से समझता भी है?' तब आचार्य ने जवाब दिया, 'यह सच है कि गिरी ज्ञान ग्रहण करने में कच्चा है लेकिन वह बड़ी भक्ति व एकाग्रता से सब कुछ सुनता है।'

उधर नदी पर कपड़े धोते समय गिरी को अचानक अनुभव हुआ कि गुरु उसे बड़े प्रेम से आशीर्वाद दे रहे हैं। वह अनंत गुरुकृपा का एहसास करने लगा। उसका

अंतःकरण प्रकाशमान हो उठा। उसे लगा कि मानो सारा ज्ञान उसके आगे खुल गया है। वह एक अनामिक आनंद का अधिकारी हो गया। नदी से लौटते समय उसका मन भक्ति में डूब गया और अब तक का सुना हुआ गुरुज्ञान कविता बनकर बाहर आने लगा। दौड़ता हुआ वह गुरु के पास पहुँचा और उनके चरण स्पर्श कर, बिना रुके एक के बाद एक श्लोक बोलता चला गया। अशिक्षित गिरी के मुँह से तत्वज्ञान के विशुद्ध श्लोक सुनकर सभी शिष्यगण हैरान रह गए। आचार्य ने गिरी को आशीर्वाद देकर अपने पास बिठाया। सभी जान गए कि गुरु कृपा से ही यह चमत्कार घटा है।

इस निरक्षर गिरी को आगे आचार्य ने संन्यास मंत्र में दीक्षित किया। उन्हें नाम दिया गया- तोटकाचार्य।

अधिकांश लोग समझते हैं कि कुशाग्र बुद्धि, गहराई से चिंतन-मनन करने की कुशलता, एकाग्रता और तर्क शक्ति के बिना स्वबोध प्राप्ति नहीं हो सकती। ये सारे गुण मददगार हो सकते हैं लेकिन स्वज्ञान प्राप्ति के लिए इनसे भी बढ़कर भक्ति, भाव, निष्ठा, गुरु पर विश्वास ज़रूरी है। गुरु कृपा ही मनुष्य को तारती है। गुरु कृपा से अंधा देखने लगता है, गूँगा बोलने लगता है और लंगड़ा चलने लगता है।

इसका सीधा अर्थ यह है कि इन गुणों के कारण मनुष्य का मन इतना खाली हो जाता है कि वह ईश्वरीय ज्ञान लेने का पात्र बन जाता है और खुद-ब-खुद उसमें ज्ञान उतरने लगता है। इस प्रसंग से प्रेरणा पाकर आपको भी मन को शुद्ध कर, पात्र को खाली करना है।

17

माता का अंत्य संस्कार और शंकर स्मृति की रचना

जहाँ वस्तुओं की तृष्णा है, वहाँ आनंद का कोई निशान नहीं हो सकता,
वहाँ आनंद की गंध तक नहीं मिल सकती।

एक दिन श्रृंगेरी में सुबह के समय आचार्य प्रवचन कर रहे थे। तभी उन्हें महसूस हुआ कि उनकी माँ उन्हें याद कर रही हैं। कुछ समय ध्यान में बैठकर उन्होंने शिष्यों से कहा, 'माँ का शरीर छोड़ने का समय आ गया है। मैंने उन्हें वचन दिया था कि अंत समय में मैं जहाँ कहीं भी रहूँ, उनके सामने उपस्थित हो जाऊँगा। अतः मुझे अभी निकलना होगा।' इतना कहकर वे तुरंत ही चल पड़े।

सेल्फ आपको हर तरह से मदद करता है, आपके वचनों, संकल्पों को पूरा करने के लिए आपको कभी इशारे तो कभी अंतःप्रेरणा के ज़रिए मारगदर्शन देता है। ज़रूरत होती है, उन्हें पहचानने की। मन की अनासक्त अवस्था में या ध्यान में बैठने पर इन्हें पकड़ा जा सकता है। आचार्य के लिए यह कोई कठिन काम नहीं था।

घर पहुँचने पर उन्होंने देखा कि माता की हालत बहुत बिगड़ी हुई है। शंकर ने माँ के पास जाकर उन्हें प्रणाम किया। इतने लंबे अरसे के बाद अपने पुत्र को देखकर माँ बहुत भावुक हो उठीं। प्रिय पुत्र को अपने नज़दीक देखकर वे अपने सारे दुःख-दर्द

भूल गईं। वे तरह-तरह से पुत्र के प्रति प्रेम जताने लगीं। शंकर भी माँ के पास बैठकर उन्हें सांत्वना देने लगे। माँ ने शंकर से कहा, 'मेरे शरीर को बुढ़ापे व रोगों ने घेर लिया है, अब मैं ज़्यादा दिन जीवित नहीं रहूँगी। तुम्हें देखने की इच्छा से मेरे प्राण अटके थे। तुम्हें पास देखकर अब और कोई कामना बाकी नहीं रही। बस इतना करो कि मैं सद्गति पा सकूँ।'

शंकर ने उन्हें अद्वैत सिद्धांत के बारे में बताने का प्रयत्न किया लेकिन वे इस गूढ़ ज्ञान को नहीं समझ पा रही थीं। अतः उन्होंने माता के सामने शिव और विष्णु के अनेक प्रेरक मंत्र गाए। इसी भक्ति से भरी मनोदशा में माता ने अंतिम साँस ली। शंकर जानते थे कि शरीर छोड़ते समय इंसान के मन की अवस्था कैसी होनी चाहिए ताकि वह चेतना के उच्च स्तर पर जा सके। अतः उन्होंने माँ को निश्चिंत, अनासक्त व संपूर्ण स्वीकार भाव में रखने का पूरा प्रयत्न किया।

शंकर का माता के साथ बहुत लगाव था। जैसा कि पहले बताया जा चुका है कि वे अपने माता-पिता की एकमात्र संतान थे और जब छोटे थे तभी उनके पिता की मृत्यु हो गई थी। संन्यास लेकर सत्य को पाने की तीव्र प्यास के कारण वे अपनी माता को बचपन में ही छोड़कर चले गए थे। जबकि उनके सिवाय माता का कोई और न था। यही कारण था कि संन्यासी जीवन के नियमों के विरुद्ध जाकर वे अपनी माता से मिलने आए और उन्होंने उनका अंतिम संस्कार करने का फैसला किया। उन्होंने वहाँ उपस्थित परिवारजनों से कहा, 'माँ की इच्छा थी कि मैं उनका अंतिम संस्कार करूँ, जबकि शास्त्र के अनुसार संन्यासी के लिए यह कार्य वर्जित है। फिर भी मैं माँ की आज्ञा का पालन करना चाहता हूँ, अतः आप इसकी तैयारी कीजिए।' उनके जाति के लोगों को उनका फैसला मंज़ूर नहीं था। आचार्य की बात सुनकर परिवारजन क्रोधित होकर बोले, 'तुम लोभी, झूठे, पाखंडी हो। माता का क्रियाकर्म करने का अधिकार तुम कबका खो चुके हो। यदि तुम नहीं माने तो माता की जो कुछ भी संपत्ति है, उससे तुमको बेदखल कर दिया जाएगा।' आचार्य ने कहा, 'मुझे संपत्ति चाहिए भी नहीं। माँ की संपत्ति उनकी सेवा करनेवाली वृद्धा को दी जाएगी।' इस पर परिवारवाले गुस्से में आग-बबूला हो गए और वृद्धा को जाति से बाहर करने की धमकी देकर वहाँ से चले गए। शंकर के फैसले का बहिष्कार करने के साथ-साथ, उन्होंने दाह संस्कार की तैयारी में मदद करने से भी इनकार कर दिया। यहाँ तक कि शव को कंधा देने के लिए भी कोई तैयार न था।

अपने जात भाइयों के ऐसे अशिष्ट व्यवहार से शंकर दुःखी हुए लेकिन वे अपने संकल्पों से हटनेवालों में से नहीं थे। उन्होंने खुद लकड़ियाँ इकट्ठा करके आँगन में ही चिता बना ली और खुद माता के शव को चिता पर रखकर उसे अग्नि दी। आचार्य न

किसी से दबते थे, न ही किसी को दबाते थे। वे तो सिर्फ ईश्वर का हुकूम बजाते थे। इसलिए उन्हें बहुत से सहयोगी भी मिल जाते थे।

देखा जाता है कि इंसान पर परिवार और समाज का इतना दबाव होता है कि वह अपने निर्णय बदल देता है। लोगों को संतुष्ट करने की खातिर कई बार सत्य के आगे उसे दबाव को स्वीकार करना पड़ता है। लेकिन आचार्य निश्चय के इतने पक्के थे कि रिश्तेदारों का विरोध उन्हें अपने निर्णय से हटा न सका। इसे कहते हैं चरित्र की दृढ़ता। यह गुण इंसान को उसके लक्ष्य तक ले जाने में मददगार साबित होता है।

माँ के मृत्यु दिन आकर शंकर ने उन्हें ईश्वर का दर्शन कराया, यह बात हवा की तरह चारों ओर फैल गई। आचार्य शंकर के दर्शन लेने भीड़ की भीड़ इकट्ठी होने लगी। यह खबर केरल के राजा राजशेखर के कानों पर भी पड़ी।

शंकराचार्य को राजा बचपन से ही जानते थे। बचपन में ही बालक शंकर की प्रतिभा से वे बहुत प्रभावित हुए थे। बाद में उनकी सूत्रभाष्य रचना, दिग्विजय, श्रृंगेरी मठ स्थापना आदि का समाचार केरल के राजा राजशेखर तक भी पहुँचा। ये सब सुनकर राजा की शंकराचार्य के प्रति श्रद्धा और भी बढ़ गई। जब उन्हें पता चला कि शंकराचार्य अपने गाँव में आए हैं और उनके जातिवालों ने उनके साथ बहुत बुरा सलूक किया है तो वे तुरंत मंत्रियों को लेकर उनके दर्शन करने चले आए। उनसे कुशल क्षेम पूछने के बाद रिश्तेदारों के असहयोग का माजरा सुनकर राजा ने उन सभी को देश निकाला दे दिया, जिन्होंने आचार्य को चोट पहुँचाई थी।

राजा का आदेश सुनकर वे सभी घबरा गए और क्षमा माँगने लगे। तब राजा ने उनसे आचार्य शंकर से क्षमा माँगने के लिए कहा। असहाय होकर उन्होंने आचार्य शंकर से भी क्षमा माँगी। इस पर आचार्य ने कहा, 'आप लोगों ने मेरे प्रति कोई अपराध नहीं किया है। अपराध किया है तो ईश्वर के प्रति किया है। मैं प्रार्थना करता हूँ कि वे आपको क्षमा करें।' आचार्य की उदारता देखकर सभी बहुत शर्मिंदा हुए।

अपने साथ बुरा सलूक करनेवाले को इंसान आसानी से क्षमा नहीं कर पाता। क्षमा करने के लिए एक बड़ी ताकत की ज़रूरत होती है। वह ताकत है 'समझ की ताकत'। जब इंसान को स्पष्टता होती है कि 'वह कौन है' और 'सामनेवाला कौन'? करनेवाला कौन है और करवानेवाला कौन? तब उसे क्षमा माँगने या क्षमा करने में कोई दिक्कत नहीं होती। आचार्य इन दिक्कतों के बाहर थे, अतः वे परिवारजनों को आसानी से क्षमा कर पाए।

काफी समय से राजा राजशेखर समाज शुद्धिकरण की बात सोच रहे थे। लेकिन ब्राह्मणों की प्रतिष्ठा को धक्का न लगे इसलिए काम को आगे ढकेलते जा रहे थे। आचार्य को देखकर उन्हें लगा कि अब योग्य समय आ गया है। अतः उन्होंने अपनी बात आचार्य के सामने रखी। आचार्य ने उन्हें सम्मति देते हुए कहा, 'आप इस संबंध में क्या कदम उठाना चाहते हैं?' राजा बोले, 'मेरी इच्छा है कि आप समाज संस्कार संबंधी कोई आलेख लिखें, जिससे लोगों का कल्याण हो। इसे मैं फिर समाज में लागू करने की व्यवस्था करूँगा।'

शंकराचार्य ने हामी भरते हुए कहा, 'मैं एक धर्म संहिता लिखता हूँ। फिर आप उसके गुण-दोषों पर विचार करके उसे यथा समय लागू कर दीजिए।' फिर क्या था, शंकराचार्य की मदद के लिए एक लिपिक दिया गया। जल्द ही एक छोटा स्मृति ग्रंथ तैयार हो गया, जो 'शंकर स्मृति' के नाम से प्रसिद्ध हुआ।

राजा ने वहाँ के ब्राह्मणों को बुलाकर एक बड़ी सभा का आयोजन किया। ग्रंथ के गुण-दोषों का विवेचन करना सभा का मुख्य उद्देश्य था। ब्राह्मणों ने आचार्य द्वारा लिखित नियमावली का विरोध किया। अतः आचार्य ने पंडितों को शास्त्रार्थ के लिए बुलाया। आचार्य की प्रतिभा, तर्कशक्ति व ज्ञान के आगे पंडितों ने अपनी पराजय स्वीकार कर ली। शंकर स्मृति के नियम लागू करने में वे सिर्फ सहमत ही नहीं हुए बल्कि वे इस पवित्र आंदोलन में स्वयं भी शामिल हो गए। सेल्फ की शक्ति के आगे व्यक्ति की शक्ति बहुत सीमित होती है।

राजा राजशेखर स्वयं साहित्यिक अभिरुचि रखते थे। एक दिन आचार्य ने राजा से पूछा, 'आपका साहित्य लेखन आजकल कैसा चल रहा है? क्या कोई नई रचना की है?' इस पर राजा ने निराश स्वर में कहा, 'आजकल मुझे लिखने के लिए प्रेरणा ही नहीं मिलती। मेरे साथ एक ऐसा हादसा हो गया कि तब से मैंने लिखना छोड़ दिया।' 'ऐसी क्या बात हो गई?' आचार्य ने पूछा। दुःखी होकर राजा बोले, 'आपको याद होगा कुछ समय पहले मैंने आपको तीन नाटक पढ़कर सुनाए थे। वे तीनों ही आग में जलकर राख हो गए। इस घटना से मैं इतना निराश हो गया कि अब मुझे कुछ लिखने की इच्छा ही नहीं होती।'

आचार्य ने सहानुभूति जताते हुए कहा, 'मैं समझ सकता हूँ कि आपको कितना दुःख हुआ होगा क्योंकि एक लेखक को अपनी रचना संतान की तरह प्रिय होती है। आपने वे तीनों नाटक जैसे सुनाए थे, मुझे वैसे के वैसे याद हैं। आप चाहें तो उन्हें फिर से लिखवा सकते हैं।' राजा यह सुनकर बहुत खुश हुए। उन्होंने तुरंत एक लिपिक

की व्यवस्था कर दी। आचार्य बताते जाते और लिपिक लिखता जाता। जब राजा ने वे ग्रंथ पढ़े तो पाया कि जैसा उन्होंने लिखा था, सारी बातें ठीक वैसी ही आईं थीं। इस तरह तीनों नाटकों को फिर से पुनर्जीवन मिला। आश्चर्य और आनंद से राजा का मन लबालब भर गया। आचार्य को प्रणाम करके राजा ने उनकी अलौकिक स्मरणशक्ति की दाद दी।

आचार्य शंकर में वे सभी गुण मौजूद थे, जो सत्य अनुभव को प्राप्त करने तथा उसे अभिव्यक्त करने के लिए ज़रूरी होते हैं। सत्य प्राप्ति की प्यास, एकाग्रता, अनासक्ति, स्मरणशक्ति, गुरु भक्ति, आज्ञा पालन आदि। इसीलिए वे सनातन वैदिक धर्म के मुख्य आधार स्तंभ बने। आचार्य के बचपन से लेकर अब तक के जीवन पर नज़र दौड़ाई जाए तो उनकी छवि एक आदर्श कर्मयोगी की दिखाई देती है। आठ वर्षों तक उन्हें चारों वेद, सारे दर्शन तथा कई शास्त्र मुखाग्र थे। बारह वर्षों तक वे योग सिद्धि में निपुण हुए तथा सोलहवें वर्ष तक ब्रह्म सूत्र तथा अनेक ग्रंथों की भाष्य रचना आदि कार्य उनके कठोर कर्मजीवन का संकेत देते हैं। जीवन के अंतिम अध्याय में दिग्विजय के दौरान उन्होंने जो चमत्कार किए, उनसे इंसान विस्मित हुए बिना नहीं रह सकता।

आचार्य ने संन्यास को परिभाषित करते हुए कहा, 'फल की इच्छा किए बिना कर्म करने से भी बढ़कर है कर्मफल से आसक्ति न रखना। यही सच्चा संन्यास है। "जो ईश्वर को लगे अच्छा वही मेरी इच्छा" यह तत्त्व उन्होंने जीकर दिखाया। संसार के कल्याण हेतु जो ऐसा भाव रखकर कार्य करते हैं, वे ही सच्चे संन्यासी हैं।

आचार्य शंकर योगसिद्ध तथा स्वबोध में स्थिर थे। वे हर समय उच्च चेतना में रहते हुए अपने होने के दिव्य आनंद में डूबे रहते थे। फिर भी जीवकल्याण की भावना उनसे अनेक कर्म करवाती थी, जो सामान्य मनुष्य की कल्पना में भी नहीं आ सकते। उन्होंने अखण्ड भारत, कश्मीर, नेपाल तथा भारत के बाहर के अनेक देशों में पदयात्रा करके वहाँ के मंदिरों का पुनर्निर्माण तथा जन-जीवन को जागृत किया। शास्त्रार्थ करके तथा शास्त्रों की व्याख्या करके अलग-अलग मतों के लोगों को अपने साथ मिलाया। साथ ही सिद्धि के बल पर लोगों को फँसाने, लूटनेवालों को भी ज्ञान मार्ग की ओर चलने के लिए प्रेरित किया।

इन सारे कार्यों को करने में जिस शांत, स्थिर, अकंप चित्त की आवश्यकता होती है, उसके वे धनी थे... आत्मसाक्षात्कार के स्वामी थे।

मनन करें कि आप किसके स्वामी हैं? प्रेम, पैसा, पद के या मन के? और ये स्वामित्व आपको किस दिशा में ले जाएगा?

18

विभिन्न मतों का एकमत होना

संतों को सर्वोच्च ब्रह्म की अनुभूति होती है,
जिसमें ज्ञानी, ज्ञान और ज्ञात, अनंत, ज्ञानातीत,
ज्ञान का सार, परम में कोई अंतर नहीं होता है।

संतों को सर्वोच्च ब्रह्म की अनुभूति होती है, जिसमें ज्ञानी, ज्ञान और ज्ञात, अनंत, ज्ञानातीत, ज्ञान का सार, परमज्ञान में कोई अंतर नहीं होता है।

आचार्य शंकर अब श्रृंगेरी लौट जाना चाहते थे। किंतु राजा राजशेखर ने उन्हें कुछ दिन और रुकने का आग्रह किया। राजा के आग्रह को स्वीकार कर वे कुछ समय रुकने के लिए तैयार हो गए। उन्होंने अपने शिष्यों को केरल में आने का संदेश भेज दिया। संदेश पाते ही शिष्यगण वहाँ आ पहुँचे।

अपने सभी शिष्यों, भक्तों व राजा राजशेखर के साथ आचार्य जन-जन तक अद्वैत धर्म फैलाने का व्रत लेकर गाँव से निकल पड़े। केरल के अनेक गाँवों से होते हुए उन्होंने संपूर्ण दक्षिण भारत का भ्रमण किया। इस यात्रा में जगह-जगह पर और भी लोग उनसे जुड़ते चले गए।

कुछ दिनों में वे प्रसिद्ध शैवतीर्थ मध्यार्जुन में पहुँचे। वहाँ के लोग मध्यार्जुन

शिव को जागृत देवता मानते थे। आचार्य शंकर के आने की खबर सुनकर भारी संख्या में लोग उनका व्याख्यान सुनने के लिए आए। उस गाँव में ब्राह्मणों की प्रधानता थी। प्रायः सभी ब्राह्मण विद्वान तथा कर्मकांडी थे।

आचार्य का युक्तिपूर्ण व्याख्यान तथा उसमें दिए गए सटीक दृष्टान्त सुनकर सभी को अद्वैत सिद्धांत की श्रेष्ठता का अनुभव हुआ। अनेक लोग इस मत के साथ चलने को तैयार हो गए। इससे वहाँ के प्रमुख ब्राह्मणों में नाराज़ी फैल गई। उनमें से एक पंडित ने कहा, 'आपके व्याख्यान ने सच में हमें मंत्रमुग्ध कर दिया है। आपके युक्तिपूर्व तर्कों को सुनकर हमें विश्वास हो चला है कि अद्वैत सिद्धांत ही सर्वश्रेष्ठ है। मध्यार्जुन शिव हमारे जागृत देवता हैं। हम उनकी पूजा, उपासना करते हैं। हमारा उन पर पूर्ण विश्वास है। हम आपका अनुसरण तभी कर सकते हैं, जब हमें अपने देवता की तरफ से यह सुनाई पड़े कि ''अद्वैत मत ही सत्य है।''

पंडित की बात सुनकर सभा में मौन छा गया। तभी सबने देखा कि आचार्य ध्यान में बैठ गए। उनके मुख पर एक अलग ही आनंद आभा फैल गई। अचानक उठकर वे मध्यार्जुन शिव की महिमा गाने लगे, उनका स्तुतिगान करने लगे- 'हे शिवशंकर आप सभी उपनिषदों का सार हैं... सभी वेद आपकी ही स्तुति कर रहे हैं... आप सर्वज्ञ हैं... आपसे ही यह सारी सृष्टि है... वेद का मुख्य विषय अद्वैतवाद ही सत्य है, यह सबके सामने प्रकट कर आप सभी के मन की शंका का निरसन कीजिए।' आचार्य की प्रार्थना उनके रोम-रोम से निकल रही थी। जिससे सारा मंदिर गूँज उठा।

प्रार्थना समाप्त होते ही एक अलौकिक घटना ने सभी को आश्चर्य में डाल दिया। अचानक मंदिर चारों ओर से प्रकाशमान हो गया और आकाशवाणी हुई, 'अद्वैत सत्य है... अद्वैत सत्य है...।'

इसे हम यूँ समझ सकते हैं कि शरीर रूपी मंदिर में जब अद्वैत का अनुभव हुआ तो हृदय स्थान प्रकाशित हो गया। आचार्य जिस अद्वैत भाव का अनुभव कर रहे थे, उन्होंने वही अनुभव ध्यान करवाकर, कुछ पलों के लिए सभी को दिया। सभी के भीतर से 'अद्वैत सत्य है' की घोषणा हुई।

इस अनपेक्षित घटना से सभी स्तब्ध रह गए। साथ ही उनके मन भगवान शिव की इस अविश्वसनीय कृपा से भक्ति में भीग गए। सभी को पूरा भरोसा हो गया कि मध्यार्जुन शिव जागृत चैतन्य हैं और आचार्य में उस चैतन्य को हिलाने की क्षमता है।

इस घटना से अनेक ब्राह्मण अद्वैत मत का अनुसरण करने को तैयार हो गए। आचार्य ने सभी को इस जागृत चैतन्य की भक्ति करने को उत्साहित किया। वे बोले, 'भक्ति करने से चित्त शुद्ध होता है और तत्त्व ज्ञान भीतर उतरने में सहायता मिलती है।'

आचार्य की खासियत थी कि उन्होंने अद्वैत मत का प्रतिपादन करते हुए कभी भी लोगों में यह संदेश नहीं जाने दिया कि 'आप गलत और मैं सही'। जहाँ-जहाँ जो देवता पूजे जाते थे, उन्होंने उन देवताओं का आवाहन कर, उन्हें जागृत किया और चमत्कार घटे। आचार्य जानते थे कि देवी-देवता का नाम कुछ भी हो, उनके पीछे एक ही शक्ति कार्यरत है। वह है परम चेतना। उस परम चेतना के साथ एकाकार होकर ही ईश्वरीय शक्तियाँ अभिव्यक्त की जा सकती हैं। लोग उसे चमत्कार का नाम देते थे लेकिन आचार्य के अनुसार वह केवल अद्वैत भाव से जुड़ना भर है। खैर... इससे हुआ यूँ कि लोगों की भावना को ठेस पहुँचाए बगैर उन तक सत्य ज्ञान पहुँचाया जा सका।

आचार्य काफी समय तक मध्यार्जुन में रहे। उन्होंने लोगों को अपनी मधुर वाणी से धर्म उपदेश देकर तृप्त किया। लोग उनके पास आते और अपनी शंकाओं का निराकरण कर, संतुष्ट होकर वापस जाते। कुछ दिन वहाँ रुककर आचार्य रामेश्वर के लिए रवाना हुए।

रास्ते में शाक्त वामाचारियों से उनका सामना हुआ। ये लोग शक्ति को माननेवाले लोग हैं। अतः ईश्वर को ये किसी देवी के रूप में पूजते हैं। ये तथा-कथित शाक्त, देवी के नाम पर शराब पीना, मांस खाना, स्त्रियों से दुर्व्यवहार और दुष्कर्म करते थे। इस तरह ये समाज में अनैतिकता को बढ़ावा दे रहे थे। जिसके फलस्वरूप आम लोग अनाचार की ओर आकर्षित हो रहे थे। आचार्य ने इन वामाचारियों (विपरीत दिशा में चलनेवाले) को उचित मार्ग दिखाने का संकल्प लिया।

आचार्य ने इन शाक्तों के सामने शक्ति की सराहना करते हुए कहा, 'परमेश्वर ही मायावी शक्ति से अनेक रूप धरता है। वे शक्तियाँ कितनी ही महान हों, उनका स्रोत तो निराकार चैतन्य ही है। जिसके ध्यान के बिना मुक्ति नहीं मिल सकती। आप लोग मद्य-मांस का सेवन कर, पशु के समान जीवन जी रहे हैं। ब्राह्मण का अर्थ है जो ब्रह्म में रमण करे। अर्थात स्वयं में उस परम चैतन्य का अनुभव करे। आप तो अपने धर्म से भ्रष्ट हो गए हैं। आपके लिए ब्राह्मण कहकर अपना परिचय देना अपराध होगा।

अतः आप प्रायश्चित्त करके निराकार के प्रति समर्पित होकर मुक्ति की चेष्टा कीजिए।'

शंकराचार्य के शास्त्र अनुकूल वचन सुनकर उनका मन आत्मग्लानि से भर गया। राह से भटके हुए अनेक ब्राह्मण प्रायश्चित करके अपना अनाचार त्यागकर सत्याचार में संलग्न हो गए। उनमें से कुछ लोगों ने अद्वैत मत को ग्रहण किया।

इसी तरह आचार्य ने शैव, वैष्णव, सूर्योपासक आदि मतावलंबियों को भी संस्कारित किया। आचार्य शंकर जहाँ भी जाते, धर्मभाव की बाढ़ सी आ जाती। वे अद्वैतवादी थे लेकिन कट्टर कतई नहीं थे। सभी लोग अद्वैत तत्त्वज्ञान का अनुभव नहीं कर सकते, यह भली-भाँति जानते थे। अतः अपनी अवस्था से आगे बढ़ने के लिए उन्होंने लोगों को पूजा, उपासना के साधन बताकर उत्साहित किया। वे जहाँ भी गए, वहाँ के प्रचलित देवी-देवताओं के मंदिरों का उद्धार किया, उनकी पूजा-पाठ की व्यवस्था को बेहतर बनाया। साथ ही उन मूर्तियों के पीछे छिपे मूल तत्त्व को उजागर करने का प्रयत्न किया।

शक्ति की उपासना करनेवालों में से कुछ लोगों ने सिद्धियाँ प्राप्त कर, नकारात्मक शक्तियों को वश में कर रखा था। जिसका उपयोग वे लोगों को डराने-धमकाने तथा अपना स्वार्थ सिद्ध करने में किया करते थे। देखिए, यदि आपके पास धन की शक्ति है तो आप उसे सत्य की सेवा में भी लगा सकते हैं या किसी से बदला लेने के लिए सुपारी दे सकते हैं। ठीक इसी तरह कापालिक, यमोपासक, काल भैरव आदि पंथ के लोग सिद्धियों व अनेक विभूतियों के स्वामी हुआ करते थे। उन्होंने अपनी शक्तियों के बल पर समाज में आतंक फैलाकर रखा था। उन्हें भी आचार्य ने अपनी स्थिरचित्त अवस्था, विद्वत्ता व चमत्कारों से आश्चर्य में डालकर उनका भी हृदय परिवर्तन किया। अनाचारी, दुराचारी, अहंकारी, ज्ञान के विरुद्ध चलनेवाले भी उनकी धर्मव्याख्या सुनकर प्रभावित हुए और उनका अनुसरण करने लगे। अपने निःस्वार्थ आध्यात्मिक जीवन तथा धर्म भक्ति के बल पर उन्होंने सभी के भीतर सत्य की प्यास जगाई। कुप्रथाओं, अंधविश्वास से पीड़ित हृदयों में उन्होंने शांति का अमृत सिंचन कर, उनके भीतर पावनता जगाई। इस तरह सेल्फ की दिग्विजय यात्रा आचार्य शंकर के माध्यम से आगे बढ़ती रही।

आचार्य के भीतर के क्षमा भाव, दया, करुणा, परोपकार, भक्ति, धैर्य, दृढ़ता, स्थिरता, ग्रहणशीलता व सबसे बढ़कर परकल्याण की भावना से कोई भी अछूता न रह सका। उनकी दृष्टि में कोई भी अयोग्य नहीं था। उन्होंने सबको समान रूप से अपने प्रेम व ज्ञान की शीतल छाया में रखा।

खण्ड 4

चार मठों की स्थापना, ग्रंथ व रचनाएँ

19

शारदा पीठ में प्रवेश परीक्षा

मैं अभिज्ञ हूँ और मैं चैतन्य भी हूँ। मैं न तो कर्ता हूँ और न ही भोक्ता।
मैं ही आत्म (सेल्फ) हूँ, मैं अविनाशी और चिरस्थायी हूँ।

शंकराचार्य के कदम अब प्रयाग की ओर बढ़ चले थे। कुछ वर्ष पूर्व वेदव्यास जी के आदेश पर कुमारिल भट्ट को शास्त्रार्थ में पराजित करने के लिए वे यहाँ आए थे। उस समय एक लक्ष्य लेकर वे प्रयाग में पहुँचे थे। आज उस लक्ष्य को काफी हद तक पूर्ण करके उन्होंने प्रयाग में प्रवेश किया था। उन्होंने जो सोचा, उसकी पूर्णता होते देखकर उनका हृदय एक अनामिक आनंद और संतुष्टि से भर गया।

'जो सोचा, वह किया' इस छोटी सी बात से मानवी गुणों के कई पहलू उजागर होते हैं। जैसे जीवन की दिशा निर्धारित करना, अपनी काबिलियत पर विश्वास करना, परिश्रम करने से जी न चुराना, कठिनाइयों का सामना करने के लिए तैयार रहना, हार से भी कुछ न कुछ सीखना, साहस, धीरज, सबको साथ लेकर चलना, इरादे का पक्का होना आदि। आचार्य शंकर में ये सारे गुण तो थे ही, साथ ही अहंकार का न होना, अपने सच्चे स्वरूप को जानना, ईश्वरीय इच्छा को अपनी इच्छा बनाना,

ये कुछ असामान्य गुण भी उनमें विद्यमान थे। जिसकी बदौलत वे इतना महान लक्ष्य पूर्ण कर पाए।

जहाँ प्रयाग की जनता आचार्य शंकर के दर्शन के लिए बड़ी उत्सुक थी, वहीं विभिन्न मतों के पंडित, विद्वान भी अपनी श्रेष्ठता सिद्ध करने के लिए आचार्य से शास्त्रार्थ करना चाहते थे। प्रत्येक मतावलंबी अपने मत को वेद के अनुकूल तथा मोक्ष प्राप्ति का एक मात्र मार्ग समझता था। आचार्य शंकर का दर्शन पाकर सामान्य जन बहुत प्रसन्न हुए तथा पंडित जन उनसे ज्ञान चर्चा में लग गए। आचार्य ने सभी के मत सुने और बहुत धीरज के साथ शांत-सौम्य शब्दों में उनके मतों की अपूर्णता उन्हें समझाई। जिसे सुनकर स्वयं को श्रेष्ठ साबित करने की उनकी कामना शांत हो गई। आचार्य ने उन्हें यह भी समझाया कि उनके मत में ऐसा क्या जोड़ें कि वह परिपूर्ण हो जाए। उन्होंने बताया कि प्रत्येक मत आपको अद्वैत ब्रह्मज्ञान का अनुभव कराने के लिए ही बना है। यदि वह आपको उस तक पहुँचा रहा है तो आप अपने मत पर बने रहकर आगे बढ़ सकते हैं। लेकिन अधिकांश पंथों के साथ मूल बात गुम हो गई है। यह मूल बात (स्वयं का अनुभव) ही मोक्ष प्राप्ति का एकमात्र द्वार है।

आचार्य ने आगे कहा कि 'आकार की उपासना, पूजा से आपको मनोवांछित फल मिलते हैं, आपकी कामनाएँ पूरी होती हैं लेकिन स्वयं को जानने का महाफल नहीं मिल पाता है। फल की कामना के बगैर साधना करने पर चित्त शुद्धि होती है और इस शुद्ध-बुद्ध मन में ही सत् चित आनंद का प्रकाश प्रकाशित होता है तथा सारे दुःखों से मुक्ति मिलती है।'

इस तरह लोगों के मन में ज्ञान का दीप जलाकर वे आगे वाराणसी में पहुँचे। वहाँ उनसे मिलने प्रकृति, महालक्ष्मी, सरस्वती के उपासक आए, जो अपने-अपने उपास्य को श्रेष्ठ साबित करने पर तुले थे। उन्हें समझाते हुए आचार्य बोले, 'ऊपरी तौर पर हम अपने-अपने आराध्य को अलग-अलग नाम दे सकते हैं लेकिन परमात्मा ही एकमात्र सृष्टिकर्ता है। वह अपरिवर्तनशील, सदा विद्यमान है। उसकी उपस्थिति में ही सब घट रहा है। प्रकृति, महालक्ष्मी, सरस्वती सब उसी के अधीन हैं। जब वे स्वयं स्वतंत्र नहीं हैं तो हमें मुक्ति कैसे दे सकते हैं? मुक्ति चाहनेवालों के लिए यह मार्ग नहीं है। अद्वैत ज्ञान के सिवाय मुक्ति संभव नहीं है। अतः अपनी उपासना, तप के फल

को परमात्मा के चरणों में अर्पित कर, स्वयं परमात्म ध्यान में विलीन हो जाएँ। तभी स्थायी मुक्ति की अवस्था खुलेगी।'

'मनुष्य का जन्म, पोषण व मरण कर्म से संचालित होते हैं', ऐसा माननेवाले कर्मवादी पंडितों को भी आचार्य ने समझ दी कि यह सारी दुनिया परमात्मा की ही लीला है। कर्म कभी भी जगत का कारण नहीं हो सकता। कर्म से प्राप्त फल भी एक दिन खत्म हो जाते हैं। अतः ध्यान परायण होकर उस परब्रह्म (सेल्फ) का अनुभव करें, इसी से मोक्ष प्राप्ति होगी।

बहुत जल्द आध्यात्मिक नगरी वाराणसी के पंडितों व साधकों की विचारधारा में आमूल परिवर्तन आ गया। वे सभी एकाग्र होकर अद्वैत सिद्धांत का अभ्यास करने लगे। पाठशालाओं में वेदशास्त्र पढ़ाना शुरू कर दिया गया। आचार्य द्वारा लिखित ग्रंथों का सभी अध्ययन करने लगे। विभिन्न संप्रदाय के साधकों ने अपने-अपने मत की छूटी हुई कड़ियाँ पकड़कर, उसे पूर्ण बनाया व भक्ति-भजन में लीन हो गए। इस तरह वाराणसी में ज्ञान की गंगा बहाकर आचार्य ने सौराष्ट्र की ओर रुख किया।

अपनी विशाल दिग्विजय सेना के साथ आचार्य ने सौराष्ट्र में प्रवेश किया। महाकाल के मंदिर में महादेव की पूजा, अर्चना, स्तुतिगान करके वहाँ के पंडितों के साथ शास्त्रार्थ किया। चारों ओर आचार्य के अद्वैतवाद की श्रेष्ठता का डंका बजने लगा।

फिर वे शारदा पीठ में आए। उन दिनों वह स्थान भारतीय संस्कृति का एक प्रधान केंद्र था। भारत भर के विद्वान तथा विभिन्न मतों को माननेवाले पंडित वहाँ रहकर उस पीठ का गौरव बढ़ाते थे।

शारदापीठ में देवी सरस्वती का एक प्रसिद्ध मंदिर था। जो सर्वज्ञ हो, उसे ही उस पीठ पर स्थापित होने का अधिकार था। सर्वज्ञ अर्थात केवल सर्वशास्त्र ज्ञाता ही नहीं बल्कि जिसे उससे भी परे का अनुभव हो, वह पीठ पर बैठने का पात्र था। अर्थात जिसे केवल रटा-रटाया ज्ञान न हो बल्कि वह ज्ञान उसका अनुभव हो। वहाँ पर रहनेवाले विद्वान पंडित उस पीठ की रक्षा करते थे। जो पंडित, सर्वज्ञ पीठ पर बैठना चाहता, उसे मंदिर के चारों द्वारों पर उपस्थित सभी संप्रदायों के पंडितों को शास्त्रार्थ में हराना पड़ता, फिर उसे मंदिर में प्रवेश दिया जाता। उसके बाद शारदा देवी

अपनी दैववाणी द्वारा यदि उसे सर्वज्ञ घोषित करे, तब कहीं जाकर वह पीठ पर बैठने का अधिकारी होता।

कई पंडितों ने इस पर बैठने की असफल कोशिश की। कोई सभी पंडितों को शास्त्रार्थ में हरा नहीं पाया तो किसी के लिए देवी के मुख से दैववाणी नहीं निकली। अतः शारदा पीठ पर अधिष्ठित होना एक दुर्लभ बात हो गई थी।

शंकराचार्य के शिष्यों ने उन्हें इस चुनौति को स्वीकार करने का आग्रह किया। वैदिक धर्म के प्रसार को बल मिलने के लिए उन्होंने इसके लिए अपनी सम्मति दी।

जैसे ही लोगों को पता चला कि आचार्य मंदिर की ओर बढ़ चुके हैं, सभी पंडितगण आचार्य से शास्त्रार्थ करने के लिए मंदिर के द्वारों पर इकट्ठा होने लगे। उत्सुकतावश नगर के स्त्री-पुरुष भी शास्त्रार्थ का आनंद लेने के लिए वहाँ पहुँच गए। आचार्य अपने प्रमुख शिष्यों पद्मपाद, सुरेश्वर, हस्तामलक, आनंदगिरी आदि को लेकर मंदिर पहुँचे। द्वार पर प्रमुख पंडित ने उनसे पूछा, 'क्या मंदिर में प्रवेश करने की योग्यता आपमें है? क्या आप सर्वज्ञ हैं?'

जवाब में आचार्य ने कहा, 'मैं सभी शास्त्रों से परिचित हूँ। मेरे लिए इस ब्रह्माण्ड में कुछ भी अज्ञात नहीं है। चाहें तो आप मेरी परीक्षा ले सकते हैं।' तब अलग-अलग मत, संप्रदाय, धर्मों के पंडित विभिन्न द्वारों पर आचार्य के साथ शास्त्रार्थ के लिए आगे बढ़े। हरेक ने अपने-अपने संप्रदाय का तत्त्वज्ञान उनसे पूछा। उनके स्पष्ट व सुलझे हुए जवाब सुनकर सभी आश्चर्यचकित रह गए। एक मत से सभी ने उन्हें मंदिर में प्रवेश करने की अनुमति दी।

मंदिर के भीतर पहुँचकर आचार्य ने देवी की स्तुति में एक स्तोत्र की रचना की और उसे बड़े भक्ति भाव से गाने लगे। तभी एक गंभीर दैववाणी सुनाई दी, 'शंकर मैं तुमसे प्रसन्न हूँ... तुम सर्वज्ञ हो... तुम बेझिझक मेरे सर्वज्ञ पीठ पर आरोहण करो।'

वहाँ उपस्थित जन समुदाय आचार्य शंकर की जयजयकार करने लगा। दैववाणी सुनकर आचार्य का हृदय भी दिव्य आनंद से भर गया। वे धीरे-धीरे शारदा पीठ की ओर बढ़े व सुखासन में बैठ गए तथा भक्तिरस में डूबकर देवी की सराहना करने लगे।

आचार्य शंकर तो सेल्फ के साथ अलाइंड थे ही, उनकी उपस्थिति में बाकी

लोग भी सेल्फ के साथ एकरूप हो गए। सबकी अपनी अलग पहचान विलीन हो गई... बचा केवल परम चेतना का एहसास...। वही माँ शारदा की वाणी थी।

शंकराचार्य के शारदा पीठ पर विराजमान होने का समाचार जल्द ही चारों ओर फैल गया। जिसके फलस्वरूप आचार्य व अद्वैतवाद को समाज में एक विशेष स्थान मिला। इस तरह आचार्य ज्ञान, सम्मान व कीर्ति के शिखर पर स्थापित हुए। उनकी उपस्थिति के कारण शारदा पीठ में उच्च आध्यात्मिक वातावरण का निर्माण हुआ। शारदा पीठ का आसन प्राप्त करके शंकर पंडितों में श्रेष्ठतम माने गए। इस प्रकार उनकी दिग्विजय यात्रा पूरी हुई।

आदि शंकराचार्य उस परमस्थान से संचालित हो रहे थे, जहाँ से सारे जगत का निर्माण हुआ है। ऐसे में उनके लिए चमत्कार करना कोई कठिन काम नहीं था। आपने अब तक की चमत्कारिक घटनाओं को पढ़कर जाना होगा कि किसी भी समस्या को सुलझाने के लिए वे उससे संबंधित देवी-देवताओं का आवाहन किया करते, आर्त भाव से उनकी स्तुति करते थे। परिस्थिति के अनुसार कभी लक्ष्मी, सरस्वती तो कभी शिव-शंकर की सराहना में श्लोक रचते थे। इसका मतलब क्या है? यही कि वे स्वयं उस अद्वैत अवस्था में जाकर खुद परम शक्तियों के स्वामी बन जाते थे और अपने आस-पास के लोगों को भी उस अनुभव में स्थापित कर देते थे। यह चमत्कार सबसे बड़ा चमत्कार है। संत महात्मा अपने देहातीत अनुभव को औरों में ट्रांसफर करने का सामर्थ्य रखते हैं।

महान विभूतियों को अपने लिए नहीं बल्कि मानवता के कल्याण हेतु लोगों की नज़रों में एक स्थान बनाना पड़ता है। तब उनके कार्य बहुत आसानी से संपन्न होते हैं। वरना अज्ञान से घिरा इंसान आत्मसाक्षात्कारी की परख कैसे कर सकता है? इसलिए कई बार वह सहयोग भी नहीं करता। अतः लोगों की नज़रों में आने के लिए कभी उसे चमत्कार, कभी शास्त्रार्थ तो कभी अपनी जादुई वाणी से लोगों को मंत्रमुग्ध करना पड़ता है। आदि शंकराचार्य ने यही किया।

20

चार मठों का संचालन और महासमाधि

मैं शुद्ध चैतन्य स्वरूप हूँ, मैं स्वयं में आनंदित रहता हूँ।
मैं परमानंदस्वरूप हूँ और मैं
पूर्णरूप से अक्षय, अविनाशी और शाश्वत हूँ।

शारदा पीठ से निकलकर आचार्य काश्मीर के अनेक गाँवों से होते हुए श्रीनगर पहुँचे। वहाँ भगवती देवी के मंदिर में अत्यंत भावविभोर होकर उन्होंने देवी की महिमा का वर्णन किया। वह स्तोत्र आज भी 'सौंदर्य लहरी' के नाम से प्रसिद्ध है। इसके प्रथम श्लोक में कहा गया है, 'शिव जब शक्ति से युक्त होते हैं, तभी वे सृष्टि, स्थिति व संहार करने में समर्थ होते हैं। शक्ति के बिना परम सृष्टिकर्ता शिव कुछ भी नहीं कर सकता। इसीलिए संसार की सृष्टि, स्थिति, संहार के लिए ब्रह्मा, विष्णु, महेश आपकी ही आराधना करते हैं। अतः मेरे जैसा अपुण्यवान इंसान कैसे आपकी स्तुति कर सकता है?'

वास्तव में शिव और शक्ति सेल्फ की ही दो अवस्थाएँ हैं। जिन्हें हम सेल्फ ऐट रेस्ट एवं सेल्फ इन ऐक्शन कह सकते हैं। सेल्फ, जब रेस्ट की अवस्था में होता है अर्थात निष्क्रिय होता है तब सारा संसार सेल्फ के भीतर सिमट जाता है और जैसे ही वह ऍक्शन में आता है, सक्रिय होता है, सारा संसार प्रकट हो जाता है। ठीक उस कछुए की तरह जो तैरते समय अपने पाँव खोल लेता है और आराम के समय उन्हें

अपने भीतर समेट लेता है, जैसे कि कोई निर्जीव पत्थर हो। जब हम सोते हैं तब सारी दुनिया गायब होती है, सेल्फ आराम की अवस्था में होता है। लेकिन जब सुबह होती है तो सेल्फ की सातों टाँगे (मन की वृत्तियाँ) खुल जाती हैं और सारा संसार प्रकट हो जाता है। आदि शंकराचार्य ने शिव की इस शक्ति की सराहना में 'सौंदर्य लहरी' यह ग्रंथ लिखा है।

इस आद्याशक्ति को हृदय में धारण करके आचार्य ने भारत में सनातन वैदिक धर्म को पुनः प्रतिष्ठित किया। कुछ दिन श्रीनगर में रहकर उन्होंने भगवती की महिमा का कीर्तन किया। वे अद्वैतवादी होकर भी नीरस ज्ञानी नहीं थे बल्कि उन्होंने द्वैतभाव में जाकर ईशभक्ति का स्वाद भी लोगों को चखाया।

आचार्य स्वयं भक्त, योगी व ज्ञानी थे। उनके मतानुसार 'ब्रह्म ही एकमात्र नित्य सत्य है। मुक्ति पाकर जीव ब्रह्म हो जाता है। अंतिम मुक्ति व जीवन मुक्ति दोनों सेल्फ की ही अवस्था है। जीवन मुक्ति में जीव मुक्ति का आनंद पाता है और अंतिम मुक्ति में जीव ब्रह्मस्वरूप हो जाता है। अर्थात शरीर को छोड़ने से मनुष्य देह संबंधी पीड़ाओं, रिश्तेदारों से संबंधी तकलीफों से मुक्त हो जाता है लेकिन अपने मानसिक विकारों, संस्कारों में अभी भी बँधा रहता है। आत्मसाक्षात्कार की अवस्था में उसका 'मैं पन' ही गिर जाता है और वह चेतना के साथ एकरूप हो जाता है। यही निर्वाण है।

आचार्य ने अपने जीवन में 'कण-कण है समान क्योंकि सबमें है भगवान' को चरितार्थ किया। उन्होंने कहा, 'ब्रह्मज्ञान ही मुक्ति का एक मात्र रास्ता है। मुक्ति में जीव अपना जीवभाव छोड़कर ब्रह्मस्वरूप हो जाता है।' अर्थात मनुष्य अपनी आयडेन्टिटि से अनासक्त होकर सभी में उस परम चेतना को महसूस करने लगता है। देवी-देवताओं की उपासना से चित्त की एकाग्रता ज़रूर होती है तथा उन शक्तियों की प्रसन्नता का लाभ भी मिलता है। लेकिन परब्रह्म अर्थात सेल्फ की मूल अवस्था तक नहीं पहुँचा जा सकता है। सेल्फ की मूल अवस्था तो एक, अद्वैत और निर्गुण है। ब्रह्मा, विष्णु, महेश आदि शक्तियाँ सेल्फ की ही अभिव्यक्ति हैं। अतः अपनी-अपनी रुचि अनुसार सभी देवी-देवताओं की उपासना की जा सकती है।

आचार्य ने विभिन्न मतवादों का संशोधन कर, उन्हें वेदांत धर्म में पनाह दी। साथ ही विशेष स्थितियों में प्रायश्चित का विधान भी किया। शास्त्र के अनुसार प्रायश्चित कराकर वे लोगों को अपने धर्म में समा लेते थे। इस कारण उनके द्वारा

लगाया गया वेदांत का बीज कम से कम पचहत्तर शाखाओं, अनेक उपशाखाओं, फूल पत्तियों से सुशोभित होकर विराट वृक्ष में परिवर्तित हुआ। जिसकी शीतल छाया में अनेक लोग आज भी शांति पा रहे हैं।

इसके पश्चात् नेपाल में पशुपतिनाथ, बद्रिकाश्रम एवं समस्त हिमाचल प्रदेश में सनातन वैदिक धर्म को पुनरुज्जीवित करके आचार्य पुनः उत्तराखंड में आए। उनके सान्निध्य में आनेवाले सभी लोगों का अनुभव था कि 'आचार्य में ज्ञान, बल, कीर्ति, ऐश्वर्य सभी गुण पूर्णता से विद्यमान हैं। वे वास्तव में शंकर के अवतार हैं। साधारणतः मनुष्य में ऐसी परिपूर्णता दुर्लभ है। संसार में लोगों को वैदिक ज्ञान देने के लिए ही उन्होंने शरीर धारण किया है।'

आचार्य अब सदा ध्यानमग्न रहा करते थे। उनके अंतर्मुखी हो जाने के कारण सभी चिंतित हुए। आचार्य की आयु अब बत्तीस वर्ष की हो चुकी थी। सभी को अंदाज़ा था कि आचार्य अब स्वस्वरूप में विलीन हो जाने की तैयारी में हैं।

एक दिन आचार्य ने शिष्यों को बुलाकर कहा, 'जिस उद्देश्य को पूरा करने के लिए मैंने शरीर धारण किया था, वह अब पूरा हो चुका है। तुम लोग अब सत्य के साथ जीवन जीकर उसके प्रचार में अपना जीवन बिताना। 'अहं ब्रह्मास्मि' में स्थापित होकर ही योग्य धर्म का प्रचार हो सकेगा।'

सभी शिष्य ध्यान से उनकी बातें सुन रहे थे। जवाब में शिष्यों ने कहा, 'आप जो चाहेंगे वही होगा।' कुछ पल मौन रहकर आचार्य बोले, 'कोई भी विद्या, साधना, संस्था संघ बनाए बिना स्थायी नहीं होती। संघ से उसे शक्ति प्राप्त होती है। अतः वेदांत साधनों के आदर्शों को स्थायी करने के लिए तुम लोग संन्यासी संघ की स्थापना करो। भारत की चार दिशाओं में चार मठ स्थापित किए जाएँगे। उन चार मठों के प्रथम मठाधीश मेरे चार प्रमुख शिष्य पद्मपाद, सुरेश्वर, हस्तामलक और तोटक होंगे। अन्य शिष्यगण उन्हें सहयोग करेंगे।'

इस प्रकार आचार्य शंकर ने प्रचार का कार्य संन्यासियों पर सौंपकर संन्यासी संघ स्थापित किया। मठाधिशों के लिए उन्होंने जो नियम बनाए, वे मठाम्नाय या महाअनुशासन के नाम से प्रसिद्ध हुए।

उन्होंने कहा, 'मठाचार्य को अनेक सद्गुणों को आत्मसात करके आदर्श

संन्यासी का जीवन जीना चाहिए। मठाधीश पवित्र मनवाला, इंद्रियों पर विजय पानेवाला, वेद पारंगत, योगी तथा सर्वशास्त्रज्ञ होना चाहिए। इन गुणों में ज़रा भी कमी आने से उसकी जगह अन्य मठाधीश निर्वाचित किया जाएगा। मठाधीश का जीवन यदि आदर्श न होगा तो उनके द्वारा सत्य धर्म की प्रतिष्ठा या प्रचार संभव न होगा। केवल पद के प्रभाव से धर्म की प्रतिष्ठा या प्रचार नहीं हो सकता।'

कई बार लोग शास्त्रों का अध्ययन कर, ज्ञानी तो बन जाते हैं लेकिन उनका ज्ञान शब्दों तक ही सीमित रहता है। आचरण कुछ और ही कहता है। अंदर और बाहर अलग-अलग रूप धरकर इंसान दोहरा व्यक्तित्व जीता है, जो कभी भी अद्वैत की ओर नहीं जा सकता। आचार्य ने जो उपदेश दिए थे और जिन नियमों का गठन किया था, उनका स्वयं का जीवन उसकी सार्थकता का प्रमाण था।

अंत में आचार्य ने सभी शिष्यों को अंतःकरण से आशीर्वाद दिया, उनके उद्देश्य पूर्ति की कामना की। गुरु परंपरा से प्राप्त ब्रह्मात्म ज्ञान को फैलाने का उपदेश देकर, वे मौन ध्यान में अवस्थित हो गए। अंततः वे समाधियोग के द्वारा स्वस्वरूप में विलीन हो गए।

आचार्य शंकर ने जिस दूरदर्शिता और बुद्धिमता से अद्वैत ज्ञान को अक्षय रखने की व्यवस्था की, वह किसी चमत्कार से कम नहीं है। आत्मसाक्षात्कार के स्वामी ही इतने दूर तक का देख पाते हैं। वे मानव जीवन की कमज़ोरियों को भली-भाँति समझकर उसके अनुसार उपाय योजना बनाते हैं। चूँकि भौगोलिक दृष्टि से भारत एक विशाल देश है, साथ ही धर्मों की विविधता में भी यह सबसे आगे है। अतः आचार्य ने इन सभी पहलुओं को ध्यान में रखते हुए भारत के चारों दिशाओं में एक-एक मठ स्थापित किए ताकि लोगों तक वैदिक धर्म आसानी से पहुँच सके। दूरी का बहाना न बनाया जा सके।

आचार्य जानते थे कि सांसारिक ज़िम्मेदारियों को उठानेवाले गृहस्थ अपना सारा जीवन धर्मप्रचार में नहीं लगा सकते इसलिए उन्होंने संन्यासी शिष्यों को चारों मठों का मठाधीश बनाया। इसके साथ ही उन्होंने चार वेदों को चार मठों में बाँट दिया। इस प्रकार हरेक मठ का विषय, कार्यक्षेत्र, प्रचार की धारा अलग-अलग थी। नीचे चार मठों के नाम, उनके मठाधीश और उनके अंतर्गत आनेवाले वेद के बारे में जानकारी दी गई है।

१. **श्रृंगेरी मठ–** यह मठ कर्नाटक के प्रसिद्ध मठों में से एक है। इस मठ का महावाक्य है– 'अहं ब्रह्मास्मि'। इसके पहले मठाधीश आचार्य सुरेश्वर थे। इस मठ के तहत यजुर्वेद को रखा गया है।

२. **गोवर्धन मठ–** यह मठ उड़ीसा के पुरी में है। इस मठ का महावाक्य है– 'प्रज्ञानं ब्रह्म।' इस मठ के पहले मठाधीश आदि शंकराचार्य के प्रथम शिष्य पद्मपाद हुए। इस मठ के तहत ऋग्वेद को रखा गया है।

३. **शारदा मठ–** द्वारका मठ को शारदा मठ के नाम से भी जाना जाता है। यह मठ गुजरात के द्वारकाधाम में है। इस मठ का महावाक्य है– 'तत्वमसि।' शारदा मठ के पहले मठाधीश हस्तामलक थे। इसमें 'सामवेद' को रखा गया है।

४. **ज्योर्तिमठ–** यह उत्तराखंड के बद्रिकाश्रम में है। इसका महावाक्य 'अयमात्मा ब्रह्म' है। इस मठ के अंतर्गत अथर्व वेद को रखा गया है। इसके पहले मठाधीश आचार्य तोटक थे।

आज आदि शंकराचार्य का शरीर इस जगत में नहीं है लेकिन वे अद्वैत ज्ञान के रूप में आज भी जीवित हैं। समय के साथ दुनिया आगे बढ़ती है, लोग पुराने होते हैं, चीज़ें पुरानी होती हैं, पुराने सिद्धांत अमान्य होकर नए सिद्धांत आते हैं... लेकिन अद्वैत ज्ञान ऐसा ज्ञान है, जो कभी पुराना नहीं होता, जो सनातन है, स्थिर है, अचल है, यही अटल सत्य है।

ऐसे चिरंतन ज्ञान का अनुभव से साक्षात्कार करना प्रत्येक मनुष्य के जीवन का परम लक्ष्य है। आदि शंकराचार्य का बत्तीस वर्ष का अलौकिक जीवन इस अटल सत्य का मूर्तिमंत उदाहरण है। उस जीवन का स्मरण कर आज हमें अपने जीवन के दुःख तथा अशांति को अपने होने के अनुभव में विलीन करना ही आत्मसाक्षात्कार के स्वामी **आदि शंकराचार्य** को दी गई सच्ची श्रद्धांजली होगी।

21

आदि शंकराचार्य के ग्रंथ व अन्य रचनाएँ

अशुद्धियों से मुक्त जीव, ज्ञान की अग्नि से उष्ण और प्रदीप्त,
स्वतः सोने की तरह चमकता है।

आदि शंकराचार्य ने कई ग्रंथों, स्तोत्रों व भाष्यों की रचना की। उनके बाद हुए शंकराचार्यों ने भी कई ग्रंथ रचे। इसलिए कुछ ग्रंथों को लेकर लोग शंका करते हैं कि ये वास्तविक तौर पर किसने लिखे हैं। हमें उस विवाद में न पड़ते हुए ज्ञान की तरफ अपनी नज़र रखनी है।

आदि शंकराचार्य द्वारा रचित ग्रंथों को चार भागों में बाँटा गया है।

१. भाष्य ग्रंथ २. स्तोत्र ग्रंथ ३. प्रकरण ग्रंथ और ४. तंत्र ग्रंथ

भाष्य ग्रंथ

भाष्य ग्रंथों को दो उप भागों में बाँटा गया है।

१. प्रस्थानत्रयी का भाष्य व २. अन्य ग्रंथों के भाष्य

यहाँ प्रस्थान का अर्थ है मार्ग, जिसके द्वारा आगे जाया जा सके। आत्मसाक्षात्कार

तक पहुँचने के तीन प्रस्थान या मार्ग हैं। ब्रह्मसूत्र, श्रीमद्‌भगवद्‌गीता और उपनिषद्। इन तीनों मार्गों से यात्रा करके साधक अपने लक्ष्य (मोक्ष) तक पहुँच सकता है। आदि शंकराचार्य ने इन तीनों ग्रंथों पर सरल, सुबोध शैली में भाष्य किया है। ब्रह्मसूत्र भाष्य आचार्य की अलौकिक रचना मानी जाती है। व्यास रचित ब्रह्मसूत्र बहुत संक्षिप्त है। सरल भाषा में विस्तार से समझाए बिना इसका वास्तविक अर्थ समझना मुश्किल है। आचार्य शंकर ने यह कठिन कार्य सहज संपन्न किया है।

इसी तरह गीता व उपनिषदों की भाषा शैली भी गंभीर मगर सुबोध है। आचार्य शंकर के जीवन दर्शन को समझने के लिए प्रस्थानत्रयी के भाष्यों का पठन बहुत ज़रूरी है।

आचार्य ने लगभग ५० अन्य ग्रंथों पर भाष्य किया है। जैसे विष्णु सहस्त्रनाम भाष्य, सनत्सुजातीय भाष्य, ललितात्रिशती भाष्य, माण्डुक्य कारिका भाष्य आदि।

स्तोत्र ग्रंथ

अद्वैतवाद के प्रवर्तक होने के बावजूद आचार्य ने पूजा, अर्चना, भक्ति पर भी जोर दिया। व्यवहार क्षेत्र में वे देवी-देवताओं, तीर्थों, नदियों की आराधना का महत्त्व भली-भाँति समझते थे। वे कहते, सगुण साकार की आराधना से ही निर्गुण निराकार में प्रवेश होता है। अतः सगुण साकार की उपासना का भी अनन्य महत्त्व है। लोगों को प्रेरित करने के लिए आचार्य स्वयं सगुण उपासना करते थे। उन्होंने श्रीगणेश, भगवान शिव, विष्णु, शक्ति, नदियों पर भावपूर्ण रचनाएँ कीं।

निम्नलिखित स्तोत्र आचार्य की प्रामाणिक रचनाएँ मानी जाती हैं।

आनंदलहरी, गोविंदाष्टक, दक्षिणामूर्ति स्तोत्र, दश श्लोकी, चर्पट पंजरिका, द्वादश पंजरिका, षट्पदी मनीषा पंचक, सोपान पंचक आदि।

प्रकरण ग्रंथ

आदि शंकराचार्य ने वेदांत संबंधी अनेक छोटे-छोटे ग्रंथों की रचना की। इन ग्रंथों में वेदांत के तत्त्वों को संक्षेप में समझाया है। इन ग्रंथों में वेदान्त ज्ञान को प्रतिपादित किया है, इसलिए ये प्रकरण ग्रंथ कहे जाते हैं। आचार्य अद्वैत ज्ञान का अर्क सर्वसाधारण लोगों तक पहुँचाना चाहते थे, इसी उद्देश्य को पूरा करने के लिए उन्होंने प्रकरण ग्रंथों की रचना की। उनके द्वारा रचित प्रकरण ग्रंथों की संख्या लगभग चालीस मानी जाती है। जिनमें अपरोक्षानुभूति, आत्मबोध, प्रबोध सुधाकर, विवेक

चूड़ामणि, वाक्य वृत्ति शतश्लोकी आदि प्रमुख हैं।

तंत्र ग्रंथ

आचार्य शंकर ने दो तंत्र ग्रंथों की रचना की है। सौंदर्य लहरी तथा प्रपंचसार। इनमें तंत्र के सिद्धांतों का विस्तृत वर्णन किया है।

आइए, आचार्य की कुछ रचनाओं में से दो-दो श्लोक पढ़कर काव्यात्मक ज्ञान को ग्रहण करते हैं।

भज गोविंदम् :

भज गोविंदम् का अर्थ है गोविंद की भक्ति में मन रमाना। इसमें ज्ञान प्राप्ति के लिए ईश्वर के प्रति पूर्ण समर्पण के मार्ग को आवश्यक बताया गया है। कहा जाता है कि वाराणसी में एक छात्र जोर-जोर से व्याकरण रट रहा था। उसके शोर से परेशान होकर आचार्य ने इस स्त्रोत की रचना की। इसमें इस बात पर जोर दिया गया है कि इंसान व्याकरण के जिन नियमों को रटता रहता है, जीवन के अंतिम क्षणों में ये किसी काम नहीं आते। मोक्ष प्राप्ति के लिए खुद को गोविंद के चरणों में अर्पित करना ज़रूरी है।

[१]दिन चढ़ता है, फिर रात आती है; प्रकृति में अमावस्या व पूर्णिमा का क्रम अखंड रूप से चलता रहता है। ठंढ और गर्मी के मौसम का निरंतर एक के बाद एक आना जारी रहता है। साल पर साल बीतते जाते हैं। लेकिन मनुष्य की इच्छा-आकांक्षा ज्यों की त्यों बनी रहती हैं, कभी खत्म नहीं होतीं। उनके पूरे होने या न होने पर मनुष्य की खुशियाँ निर्भर करती हैं। इस तरह सारा जीवन इसी में बीत जाता है। इसलिए हे मूढ़ मित्र, तू गोविंद का भजन कर, गोविंद का भजन कर, गोविंद का भजन कर क्योंकि अंतिम समय आने पर व्याकरण के नियम तेरी रक्षा नहीं कर सकेंगे।

[२]जब तक मनुष्य शरीर में प्राण बसते हैं तभी तक लोग उसका हाल-चाल

---

[१]*पुनरपि रजनी पुनरपि दिवसः पुनरपि पक्षः पुनरपि मासः। पुनरप्ययनं पुनरपि वर्ष तदपि न मुञ्जत्याशाम र्षम्।। भज गोविन्दं भज गोविन्दं भज गोविन्दं मूढमते। संप्राप्ते सन्निहिते काले न हि न हि रक्षति डुकृञ्करणे।।*

[२]*यावज्जीवो निवसति देहे तावत्पृच्छति कुशलं गेहे। गतवति वायौ देहापाये भार्या बिभ्यति तस्मिन्काये।। भज गोविन्दं भज गोविन्दं भज गोविन्दं मूढमते। संप्राप्ते सन्निहिते काले न हि न हि रक्षति डुकृञ्करणे।।*

पूछते हैं। प्राण निकल जाने के बाद जो रिश्तेदार अपने सगे लगते थे, जिनसे मनुष्य सारा जीवन आसक्त रहा, वे ही उसे श्मशान में ले जाकर जलाने की जल्दी करते हैं। इसलिए हे मूढ़ मित्र, तू गोविंद का भजन कर, गोविंद का भजन कर, गोविंद का भजन कर क्योंकि अंतिम समय आने पर व्याकरण के नियम तेरी रक्षा नहीं कर सकेंगे।

द्वादशपंजरिकास्तोत्रम् :

इस रचना का उपयोग संसार की मोह-माया से मुक्त करनेवाले अस्त्र के रूप में किया जाता है।

[1]तुम्हारी पत्नी कौन है? तुम्हारा बच्चा कौन है? तुम कहाँ से आए हो? यह संसार दिखावटी सत्य है। फिर असली सत्य क्या है? हे बंधु, इन सारे सवालों पर मनन करो। इन सवालों पर मनन तुम्हें तुम्हारे मूल स्रोत का दर्शन करवाएगा।

[2]तुम स्वयं को गुरु चरणों में समर्पित कर दो तो तुम सांसारिक मोह से मुक्त हो जाओगे। अपनी पंचेन्द्रियों व विचारों पर नियंत्रण रखो और अपने हृदय में ईश्वर का अनुभव करो। गुरु के प्रति समर्पण खुद-ब-खुद माया के आकर्षण से तुम्हें दूर रखता है। गुरु ज्ञान तुम्हें अपने विचारों के प्रति सजग करता है। संपूर्ण समर्पण का अर्थ है कर्ताभाव का समर्पण, मन का समर्पण।

गुर्वष्टकम् :

आचार्य द्वारा रचित यह लघु रचना गुरु को समर्पित है। इसका मूल भाव यह है कि इंसान के पास संसार की सब सुख-सुविधाएँ होते हुए भी गुरु नहीं मिले या उनके प्रति श्रद्धा नहीं जगी तो जीवन का क्या लाभ!!

[3]इंसान का शरीर सुंदर हो, रोगमुक्त हो, स्वस्थ हो, उसका नाम और कीर्ति सभी दिशाओं में फैली हो, पर्वत की तरह विशाल धन संपदा हो लेकिन यदि गुरु के

---

[1]*का ते कान्ता कस्ते पुत्रस्संसारोऽयमतीव विचित्रः। कस्य त्वं कः कुत आयातः तत्त्व चिन्तय तदिह भ्रातः।।*

[2]*गुरुचरणाम्बुजनिर्भरभक्तः संसारादचिराद्भव मुक्तः। इन्द्रियमानसनियमादेवं द्रक्ष्यसि निजहृदयस्थं देवम्।।*

[3]*शरीरं सुरूपं सदा रोगमुक्तं यशश्चारु चित्रं धनं मेरुतुल्यम्। मनश्चेन्न लग्नं गुरोरङ्घ्रिपद्मे ततः किं ततः किं ततः किं ततः किम्।।*

चरण कमल में मन न रमता हो तो इन सबका क्या लाभ? क्योंकि इस संसार में आप जो लक्ष्य लेकर आए हैं, उसे पूर्ण करने का मार्गदर्शन गुरु ही कर सकते हैं। स्वास्थ्य, पैसा, प्रसिद्धि तो साइड बाय साइड मिलती है।

[1]जिन्हें वेद-वेदांत आदि शास्त्र पूरी तरह याद हों, जिनमें काव्य लेखन और गद्य लेखन की प्रतिभा हो, लेकिन यदि गुरु के चरण कमल में मन न रमता हो तो इन सबका क्या लाभ? बुद्धि के स्तर पर चाहे इंसान लेखन कला या वक्तृत्व कला में माहिर हो सकता है लेकिन अनुभव का ज्ञान देनेवाले गुरु से प्रेम न हुआ तो कुछ न हुआ।

निर्वाणषट्कम् :

निर्वाणषट्कम् आध्यात्मिक गूढ़ ज्ञान का सार है। इसमें अद्वैतवाद के मूल तत्त्व पर प्रकाश डाला गया है। आचार्य कहते हैं कि जो ब्रह्म का अनुभव कर लेता है, वह स्वयं शिव हो जाता है। इस कारण इस रचना के हर श्लोक के अंत में कहा गया है- मैं शिव हूँ... मैं शिव हूँ।

[2]न मुझमें ईर्ष्या और द्वेष है; न लोभ और मोह। न मुझमें अहंकार है और न ही मत्सर की भावना है। धर्म, अर्थ, काम, मोक्ष से भी मैं मुक्त हूँ। मैं शाश्वत आनंद और चैतन्य हूँ; मैं शिव हूँ, मैं शिव हूँ।

[3]न मैं पुण्य हूँ, न पाप हूँ; न ही सुख हूँ, न दुःख। न मंत्र, न तीर्थ, न वेद, न यज्ञ। न मैं भोजन हूँ, न ही भोक्ता; मैं शाश्वत आनंद और चैतन्य हूँ; मैं शिव हूँ, मैं शिव हूँ। संक्षेप में आचार्य ने समझाया है कि पंचेन्द्रियों के द्वारा मिलनेवाले सुखद-दुःखद अनुभव मैं नहीं हूँ और न ही आत्मज्ञान की पुस्तकें या विधियाँ। मैं तो इन सब को करानेवाला ब्रह्म चैतन्य हूँ।

---

[1]*षडङ्गादि वेदो मुखे शास्त्रविद्या कवित्वादि गद्यं सुपद्यं करोति। मनश्चेन्न लग्न गुरोरङ्घ्रिपन्द्मे ततः किं ततः किं ततः किं ततः किम्।।*

[2]*न मैं द्वेषरागी न मे लोभमोहौ मदो नैव मे नैव मात्सर्यभावः। न धर्मो न चार्थो न कामो न मोक्षश् चिदानन्दरूपः शिवोऽहं शिवोऽहम्।।*

[3]*न पुण्यं न पापं न सौख्य न दुःख न मन्त्रो न तीर्थं न वेदा न यज्ञाः। अहं भोजनं नैव भोज्यं न भोक्ता चिदानन्दरूपः शिवोऽहं शिवोऽहम्।।*

मनीषापंचकम् :

मनीषापंचकम् में शंकराचार्य ने पाँच पदों में अपना दृढ़ विश्वास व्यक्त किया है। इसमें जातिभेद जैसे मुद्दों की आलोचना की है। वे कहते हैं, 'जिसने ब्रह्म को अनुभव से जान लिया, उसके लिए ऊँची और नीची जाति का कोई मतलब नहीं रह जाता।' एक बार मंदिर जाते समय एक चांडाल शंकराचार्य के रास्ते में आ गया। उसे मार्ग से हटने के लिए कहा गया। लेकिन रास्ते से हटने के बदले उसने प्रश्न पूछा, 'जब कण-कण में ईश्वर का अंश है तो तुममें और मुझमें क्या भेद? कौन ब्राह्मण और कौन शूद्र?' उसके प्रश्न का उत्तर शंकराचार्य ने मनीषापंचकम के रूप में दिया।

[१]जो चेतना जागृत, स्वप्न व नींद तीनों अवस्थाओं के ज्ञान को प्रकट करती है, जो चैतन्य विष्णु, शिव आदि देवताओं में अभिव्यक्त हो रही है, वही चैतन्य चींटी आदि क्षुद्र जंतुओं में भी अभिव्यक्त हो रहा है। आचार्य कहते हैं, 'जिस सम्यक बुद्धिवाले मनुष्य की दृष्टि में संपूर्ण विश्व आत्मरूप से प्रकाशित हो रहा है, फिर वह चांडाल हो या ब्राह्मण; वह मेरा गुरु है। यह मेरा दृढ़ विश्वास है।'

[२]जिसने अपने गुरु की शिक्षाओं से यह निश्चित कर लिया है कि यह परिवर्तनशील जगत अस्थाई है, जो अपने मन को वश में करके शांत चित्त है, जो निरंतर सेल्फ के स्मरण में लीन है, जिसने ज्ञान अग्नि में अपनी सभी भूत और भविष्य की वासनाओं को भस्म कर दिया है और जो अपने सभी कर्म बंधनों से मुक्त हो गया है, वह चांडाल हो या ब्राह्मण, वह मेरा गुरु है, यह मेरा दृढ़ विश्वास है।

दशश्लोकी :

यह रचना दस श्लोकों की है। इसमें आचार्य ने बताया है कि 'गहरी नींद या सुषुप्तावस्था में जब चित्त बिलकुल शांत होता है, तब अपने वास्तविक स्वभाव की

---

[१]*जाग्रत्स्वप्नसुषुप्तिषु स्फुटतरा या संविदुज्जृम्भते या ब्रह्मादिपिपीलिकान्ततनुषु प्रोता जगत्साक्षिणी। सैवाहं न च दृश्यवस्त्विति दृढप्रज्ञापि यस्यास्ति चे-च्चाण्डालोऽस्तु स तु द्विजोऽस्तु गुरुरित्येषा मनीषा मम।*

[२]*शश्वन्नश्वरमेव विश्वमखिल निश्चित्य वाच गुरोर्नित्यं ब्रह्म निरन्तरं विमृशता निर्व्याजशान्तात्मना। भूतं भाति च दुष्कृतं प्रदहता संविन्मये पावके प्रारब्धाय समर्पित स्ववपुरित्येषा मनीषा मम।*

अनुभूति होती है।' इसमें उन्होंने चैतन्य की चौथी अवस्था-तुरीय अवस्था के गुण बताए हैं। तुरीय अवस्था में इंसान संसार में रहते हुए भी सभी बंधनों से मुक्त होकर परम आनंद में रहता है।

मनुष्य की तीन अवस्थाएँ तो सभी जानते हैं। जागरण, नींद और स्वप्न अवस्था। इस स्वप्न अवस्था के पार भी एक अवस्था है, जिसे तुरीय अवस्था कहते हैं। इसे चेतना की चौथी अवस्था कहा गया है। निरंतर अभ्यास करनेवालों को इसमें प्रवेश मिलता है।

[१]माता, पिता, देवता, लोक, वेद, यज्ञ और तीर्थ कोई भी मेरा वर्णन नहीं कर सकते। क्योंकि नींद में ये सब गायब हो जाने के कारण शून्य रूप हो जाते हैं। जो एकमात्र बचा रहता है, वह शिव मैं हूँ।

[२]न मैं शास्त्रों का ज्ञाता हूँ, न शास्त्र; न शिष्य हूँ, न शिक्षा; न तुम, न मैं और न ही यह प्रपंच हूँ। स्वस्वरूप का बोध ही मेरा रूप है। सेल्फ की वास्तविक प्रकृति किसी भेदभाव को नहीं समझती और जो एकमात्र बचा रहता है, वह शिव मैं हूँ।

❑ ❑ ❑

---

[१]न माता पिता वा न देवा न लोका न वेदा न यज्ञा न तीर्थं ब्रुवन्ति। सुषप्तौ निरस्तातिशून्यात्मकत्वात् तदेकोऽवशिष्टः शिवः केवलोऽहम्

[२]न शास्ता न शास्त्रं न शिष्यो न शिक्षा न च त्वं न चाहं न चायं प्रपञ्चः। स्वरूपावबोधो विकल्पासहिष्णुः तदेकोऽवशिष्टः शिवः केवलोऽहम्।।

तेजज्ञान फाउण्डेशन - परिचय

तेजज्ञान फाउण्डेशन आत्मविकास से आत्मसाक्षात्कार प्राप्त करने का एक रास्ता है। इसके लिए सरश्री द्वारा एक अनूठी बोध पद्धति (System for Wisdom) का सृजन हुआ है। इस पद्धति को अन्तर्राष्ट्रीय मानक ISO 9001:2015 के आवश्यकताओं एवं निर्देशों के अनुरूप ढालकर सरल, व्यावहारिक एवं प्रभावी बनाया गया है।

इस संस्था की बोध पद्धति के विभिन्न पहलुओं (शिक्षण, निरीक्षण व गुणवत्ता) को स्वतंत्र गुणवत्ता परीक्षकों (Quality Auditors) द्वारा क्रमबद्ध तरीके से जाँचा गया। जिसके बाद इन पहलुओं को ISO 9001:2015 के अनुरूप पाकर, इस बोध पद्धति को प्रमाणित किया गया है।

फाउण्डेशन का लक्ष्य आपको नकारात्मक विचार से सकारात्मक विचार की ओर बढ़ाना है। सकारात्मक विचार से शुभ विचार यानी हॅपी थॉट्स (विधायक आनंदपूर्ण विचार) और शुभ विचार से निर्विचार की ओर बढ़ा जा सकता है। निर्विचार से ही आत्मसाक्षात्कार संभव है। शुभ विचार (Happy Thoughts) यानी यह विचार कि 'मैं हर विचार से मुक्त हो जाऊँ।' शुभ इच्छा यानी यह इच्छा कि 'मैं हर इच्छा से मुक्त हो जाऊँ।'

ज्ञान का अर्थ है सामान्य ज्ञान लेकिन तेजज्ञान यानी वह ज्ञान जो ज्ञान व अज्ञान के परे है। कई लोग सामान्य ज्ञान की जानकारी को ही ज्ञान समझ लेते हैं लेकिन असली ज्ञान और जानकारी में बहुत अंतर है। आज लोग सामान्य ज्ञान के जवाबों को ज़्यादा महत्त्व देते हैं। उदाहरण के तौर पर कर्म और भाग्य, योग और प्राणायाम, स्वर्ग और नर्क इत्यादि। आज के युग में सामान्य ज्ञान प्रदान करनेवाले लोग और शिक्षक कई मिल जाएँगे मगर इस ज्ञान को पाकर जीवन में कोई बड़ा परिवर्तन नहीं होता। यह ज्ञान या तो केवल बुद्धि विलास है या फिर अध्यात्म के नाम पर बुद्धि का व्यायाम है।

सभी समस्याओं का समाधान है- तेजज्ञान। भय से मुक्ति, चिंतारहित व क्रोध से आज़ाद जीवन है- तेजज्ञान। शारीरिक, मानसिक, सामाजिक, आर्थिक और आध्यात्मिक उन्नति के लिए है- तेजज्ञान। तेजज्ञान आपके अंदर है, आएँ और इसे पाएँ।

यदि आप ऐसा ज्ञान चाहते हैं, जो सामान्य ज्ञान के परे हो, जो हर समस्या का समाधान हो, जो सभी मान्यताओं से आपको मुक्त करे, जो आपको ईश्वर का साक्षात्कार कराए, जो आपको सत्य पर स्थापित करे तो समय आ गया है तेजज्ञान को

जानने का। समय आ गया है शब्दोंवाले सामान्य ज्ञान से उठकर तेजज्ञान का अनुभव करने का।

अब तक अध्यात्म के अनेक मार्ग बताए गए हैं। जैसे जप, तप, मंत्र, तंत्र, कर्म, भाग्य, ध्यान, ज्ञान, योग और भक्ति आदि। इन मार्गों के अंत में जो समझ, जो बोध प्राप्त होता है, वह एक ही है। सत्य के हर खोजी को अंत में एक ही समझ मिलती है और इस समझ को सुनकर भी प्राप्त किया जा सकता है। उसी समझ को सुनना यानी तेजज्ञान प्राप्त करना है। तेजज्ञान के श्रवण से सत्य का साक्षात्कार होता है, ईश्वर का अनुभव होता है। यही तेजज्ञान सरश्री महाआसमानी परम ज्ञान शिविर में प्रदान करते हैं।

महाआसमानी परम ज्ञान शिविर परिचय और लाभ (निवासी)

क्या आपको उच्चतम आनंद पाने की इच्छा है? ऐसा आनंद, जो किसी कारण पर निर्भर नहीं है, जिसमें समय के साथ केवल बढ़ोतरी ही होती है। क्या आप इसी जीवन में प्रेम, विश्वास, शांति, समृद्धि और परमसंतुष्टि पाना चाहते हैं? क्या आप शारीरिक, मानसिक, सामाजिक, आर्थिक और आध्यात्मिक इन सभी स्तरों पर सफलता हासिल करना चाहते हैं? क्या आप 'मैं कौन हूँ' इस सवाल का जवाब अनुभव से जानना चाहते हैं।

यदि आपके अंदर इन सवालों के जवाब जानने की और 'अंतिम सत्य' प्राप्त करने की प्यास जगी है तो तेजज्ञान फाउण्डेशन द्वारा आयोजित 'महाआसमानी परम ज्ञान शिविर' में आपका स्वागत है। यह शिविर पूर्णतः सरश्री की शिक्षाओं पर आधारित है। सरश्री आज के युग के आध्यात्मिक गुरु और 'तेजज्ञान फाउण्डेशन' के संस्थापक हैं, जो अत्यंत सरलता से आज की लोकभाषा में आध्यात्मिक समझ प्रदान करते हैं।

महाआसमानी परम ज्ञान शिविर का उद्देश्य :

इस शिविर का उद्देश्य है, 'विश्व का हर इंसान 'मैं कौन हूँ' इस सवाल का जवाब जानकर सर्वोच्च आनंद में स्थापित हो जाए।' उसे ऐसा ज्ञान मिले, जिससे वह हर पल वर्तमान में जीने की कला प्राप्त करे। भूतकाल का बोझ और भविष्य की चिंता इन दोनों से वह मुक्त हो जाए। हर इंसान के जीवन में स्थायी खुशी, सही समझ और समस्याओं को विलीन करने की कला आ जाए। मनुष्य जीवन का उद्देश्य पूर्ण हो।

'मैं कौन हूँ? मैं यहाँ क्यों हूँ? मोक्ष का अर्थ क्या है? क्या इसी जन्म में मोक्ष प्राप्ति संभव है?' यदि ये सवाल आपके अंदर हैं तो महाआसमानी परम ज्ञान शिविर इसका जवाब है।

महाआसमानी परम ज्ञान शिविर के मुख्य लाभ :

इस शिविर के लाभ तो अनगिनत हैं मगर कुछ मुख्य लाभ इस प्रकार हैं-

* जीवन में दमदार लक्ष्य प्राप्त होता है।
* 'मैं कौन हूँ' यह अनुभव से जानना (सेल्फ रियलाइजेशन) होता है।
* मन के सभी विकार विलीन होते हैं।
* भय, चिंता, क्रोध, बोरडम, मोह, तनाव जैसी कई नकारात्मक बातों से मुक्ति मिलती है।
* प्रेम, आनंद, मौन, समृद्धि, संतुष्टि, विश्वास जैसे कई दिव्य गुणों से युक्ति होती है।
* सीधा, सरल और शक्तिशाली जीवन प्राप्त होता है।
* हर समस्या का समाधान प्राप्त करने की कला मिलती है।
* 'हर पल वर्तमान में जीना' यह आपका स्वभाव बन जाता है।
* आपके अंदर छिपी सभी संभावनाएँ खुल जाती हैं।
* इसी जीवन में मोक्ष (मुक्ति) प्राप्त होता है।

महाआसमानी परम ज्ञान शिविर में भाग कैसे लें?

इस शिविर में भाग लेने के लिए आपको कुछ खास माँगें पूरी करनी होती हैं। जैसे-

१) आपकी उम्र कम से कम अठारह साल या उससे ऊपर होनी चाहिए।

२) आपको सत्य स्थापना शिविर (फाउण्डेशन ट्रुथ रिट्रीट) में भाग लेना होगा, जहाँ आप सीखेंगे- वर्तमान के हर पल को कैसे जीया जाए और निर्विचार दशा में कैसे प्रवेश पाएँ।

३) आपको कुछ प्राथमिक प्रवचनों में उपस्थित होना है, जहाँ आप बुनियादी समझ आत्मसात कर, महाआसमानी परम ज्ञान शिविर के लिए तैयार होते हैं।

यह शिविर एक या दो महीने के अंतराल में आयोजित किया जाता है, जिसका

लाभ हज़ारों खोजी उठाते हैं। इस शिविर की तैयारी आप दो तरीके से कर सकते हैं। पहला तरीका- मनन आश्रम (पूना) में पाँच दिवसीय निवासी शिविर में भाग लेकर, दूसरा तरीका- तेजज्ञान फाउण्डेशन के नजदीकी सेंटर पर सत्य श्रवण द्वारा। जैसे- पुणे, मुंबई, दिल्ली, सांगली, सातारा, जलगाँव, अहमदाबाद, कोल्हापुर, नासिक, अहमदनगर, औरंगाबाद, सूरत, बरोडा, नागपुर, भोपाल, रायपुर, चेन्नई, वर्धा, अमरावती, चंद्रपुर, यवतमाल, रत्नागिरी, लातूर, बीड, नांदेड, परभणी, पनवेल, ठाणे, सोलापुर, पंढरपुर, अकोला, बुलढाणा, धुले, भुसावल, बैंगलोर, बेलगाम, धारवाड, भुवनेश्वर, कोलकत्ता, राँची, लखनऊ, कानपुर, चंदीगढ़, जयपुर, पणजी, म्हापसा, इंदौर, इटारसी, हरदा, विदिशा, बुरहानपुर।

इनके अतिरिक्त आप महाआसमानी की तैयारी फाउण्डेशन में उपलब्ध सरश्री द्वारा रचित पुस्तकें या यू ट्यूब के संदेश सुनकर भी कर सकते हैं। मगर याद रहे ये पुस्तकें, यू ट्यूब के प्रवचन शिविर का परिचय मात्र है, तेजज्ञान नहीं। आप महाआसमानी परम ज्ञान शिविर में भाग लेकर ही तेजज्ञान का आनंद ले सकते हैं। आगामी महाआसमानी परम ज्ञान शिविर में अपना स्थान आरक्षित करने के लिए संपर्क करें : 09921008060/75, 9011013208

महाआसमानी परम ज्ञान शिविर स्थान :

यह शिविर पुणे में स्थित मनन आश्रम पर आयोजित किया जाता है। इस शिविर के लिए भोजन और रहने की व्यवस्था की जाती है। यदि आपको कोई शारीरिक बीमारी है और आप नियमित रूप से दवाई ले रहे हैं तो कृपया अपनी दवाइयाँ साथ में लेकर आएँ। वातावरण अनुसार गरम कपड़े, स्वेटर, ब्लैंकेट आदि भी लाएँ।

'मनन आश्रम' पुणे शहर के बाहरी क्षेत्र में पहाड़ों और निसर्ग के असीम सौंदर्य के बीच बसा हुआ है। इस आश्रम में पुरुषों और महिलाओं के लिए अलग-अलग, कुल मिलाकर 700 से 800 लोगों के रहने की व्यवस्था है। यह आश्रम पुणे शहर से 17 किलो मीटर की दूरी पर है। हवाई अड्डा, हाइवे और रेल्वे से पुणे आसानी से आ-जा सकते हैं।

मनन आश्रम : मनन आश्रम, पुणे, सर्वे नं. ४३, सनस नगर, नांदोशी गाँव, किरकट वाडी फाटा, तहसील - हवेली, जिला : पुणे - ४११०२४. फोन : 09921008060

सरश्री द्वारा रचित संतों की जीवनी

 संत ज्ञानेश्वर

Price - 125/-

 संत नामदेव

Price - 140/-

 संत तुकाराम महाराज

Price - 100/-

 भगवान महावीर

Price - 125/-

 संत एकनाथ

Price - 135/-

 भगवान बुद्ध

Price - 125/-

 सदगुरु नानक

Price - 135/-

 भक्ति के भक्त
रामकृष्ण परमहंस

Price - 100/-

 भक्ति का हिमालय
द मीरा

Price - 100/-

 जीज़स
आत्मबलिदान का मसीहा

Price - 100/-

सरश्री अल्प परिचय

स्वीकार मुद्रा

सरश्री की आध्यात्मिक खोज का सफर उनके बचपन से प्रारंभ हो गया था। इस खोज के दौरान उन्होंने अनेक प्रकार की पुस्तकों का अध्ययन किया। अपने आध्यात्मिक अनुसंधान के दौरान उन्होंने लगभग सभी ध्यान पद्धतियों का भी अभ्यास किया। उनकी इसी खोज ने उन्हें कई वैचारिक और शैक्षणिक संस्थानों की ओर बढ़ाया। जीवन का रहस्य समझने के लिए उन्होंने **एक लंबी अवधि तक मनन करते हुए अपनी खोज जारी रखी, जिसके अंत में उन्हें आत्मबोध प्राप्त हुआ।** आत्मसाक्षात्कार के बाद उन्होंने जाना कि **अध्यात्म का हर मार्ग जिस कड़ी से जुड़ा है वह है- समझ (अंडरस्टैण्डिंग)।** उसके बाद उन्होंने अपने तत्कालीन अध्यापन कार्य को विराम लगाते हुए, लगभग दो दशकों से भी अधिक समय अपना समस्त जीवन मानवजाति के कल्याण और उसके आध्यात्मिक विकास हेतु अर्पण किया है।

सरश्री कहते हैं, 'सत्य के सभी मार्गों की शुरुआत अलग-अलग प्रकार से होती है लेकिन सभी के अंत में एक ही समझ प्राप्त होती है। **'समझ' ही सब कुछ है और यह 'समझ' अपने आपमें पूर्ण है।** आध्यात्मिक ज्ञान प्राप्ति के लिए इस 'समझ' का श्रवण ही पर्याप्त है।' इसी समझ को उजागर करने के लिए उन्होंने आज तक **तीन हज़ार से अधिक आध्यात्मिक विषयों पर प्रवचन दिए हैं,** जिनके द्वारा वे अध्यात्म की गहरी संकल्पनाएँ सीधे और व्यावहारिक रूप में समझाते हैं। समाज के हर स्तर का इंसान

सरश्री द्वारा बताई जा रही समझ का लाभ ले सकता है।

यह समझ हरेक को अपने अनुभव से प्राप्त हो इसलिए सरश्री ने **'महाआसमानी परम ज्ञान शिविर'** और उसके लिए आवश्यक कार्यप्रणाली (सिस्टम) की रचना की है, **जिसका लाभ लाखों खोजी ले रहे हैं।** यह व्यवस्था आय.एस.ओ. (ISO 9001:2015) प्रमाणित है, जिसने अनेक लोगों को सत्य की राह पर चलने की प्रेरणा दी है। इसी समझ के प्रचार और प्रसार के लिए उन्होंने 'तेजज्ञान फाउण्डेशन' नामक आध्यात्मिक संस्था की नींव रखी है। इस संस्था का मुख्य उद्देश्य है- **'हॅपी थॉट्स द्वारा उच्चतम विकसित समाज का निर्माण'**।

विश्व का हर इंसान आज सरश्री के मार्गदर्शन का लाभ ले सकता है, जिसके लिए किसी भी धर्म, जाति, उपजाति, वर्ण, पंथ, रंग या लिंग का बंधन नहीं है। विश्व के हर कोने में बसे लोग आज तेजज्ञान की इस अनूठी ज्ञान प्रणाली (System for Wisdom) का लाभ ले रहे हैं। इस व्यवस्था के एक हिस्से के रूप में **लाखों लोग रोज़ सुबह और रात को ९ बजकर ९ मिनट पर विश्व शांति के लिए प्रार्थना करते हैं।**

सरश्री को **बेस्टसेलर पुस्तक 'विचार नियम' श्रृंखला के रचनाकार** के रूप में भी जाना जाता है, जिसकी **१ करोड़ से ज़्यादा प्रतियाँ केवल ५ सालों** में वितरित हो चुकी हैं। इसके अलावा उन्होंने विविध विषयों पर **१०० से अधिक पुस्तकों का लेखन** किया है, जिनमें से 'विचार नियम', 'स्वसंवाद का जादू', 'स्वयं का सामना', 'स्वीकार का जादू', 'निःशब्द संवाद का जादू', 'संपूर्ण ध्यान' आदि पुस्तकें बेस्टसेलर बन चुकी हैं। ये पुस्तकें दस से अधिक भाषाओं में अनुवादित की जा चुकी हैं और प्रमुख प्रकाशकों द्वारा प्रकाशित की गई हैं, जैसे पेंगुइन बुक्स, जैको बुक्स, मंजुल पब्लिशिंग हाऊस, प्रभात प्रकाशन, राजपाल एॅण्ड सन्स, पेंटागॉन प्रेस, सकाळ प्रकाशन इत्यादि।

– तेजज्ञान इंटरनेट रेडियो –

२४ घंटे और ३६५ दिन सरश्री के प्रवचन और
भजनों का लाभ लें,
तेजज्ञान इंटरनेट रेडियो द्वारा। देखें लिंक
http://www.tejgyan.org/internetradio.aspx

हर रविवार सुबह १०.०५ से १०.१५ तक रेडियो
विविध भारती, एफ. एम. पुणे पर 'हॅपी थॉट्स कार्यक्रम'

www.youtube.com/tejgyan
पर भी सरश्री के प्रवचनों का लाभ ले सकते हैं।
For online shoping visit us - www.tejgyan.org,
www.gethappythoughts.org

पुस्तकें प्राप्त करने के लिए नीचे दिए गए पते पर मनीऑर्डर द्वारा पुस्तक का मूल्य भेज सकते हैं। पुस्तकें रजिस्टर्ड, कुरियर अथवा वी.पी.पी. द्वारा भेजी जाती हैं।
पुस्तकों के लिए नीचे दिए गए पते पर संपर्क करें।
* WOW Publishings Pvt. Ltd. रजिस्टर्ड ऑफिस–E-4, वैभव नगर, तपोवन मंदिर के नज़दीक, पिंपरी, पुणे– 411017
* पोस्ट बॉक्स नं. 36, पिंपरी कॉलोनी पोस्ट ऑफिस, पिंपरी, पुणे – 411017
फोन नं.: 09011013210 / 9623457873
आप ऑन–लाइन शॉपिंग द्वारा भी पुस्तकों का ऑर्डर दे सकते हैं।
लॉग इन करें – www.gethappythoughts.org
500 रुपयों से अधिक पुस्तकें मँगवाने पर 10% की छूट और फ्री शिपिंग।

e-mail
mail@tejgyan.com

website
www.tejgyan.org, www.gethappythoughts.org

- विश्व शांति प्रार्थना -

'पृथ्वी पर सफेद रोशनी (दिव्य शक्ति) आ रही है।
पृथ्वी से सुनहरी रोशनी (चेतना) उभर रही है।
विश्व से सारी नकारात्मकता दूर हो रही है।
सभी प्रेम, आनंद और शांति के लिए
खुल रहे हैं, खिल रहे हैं।'
विश्व के सभी लीडर्स आउट ऑफ बॉक्स सोच रहे हैं...
विश्व के सभी लीडर्स शांतिदूत बन रहे हैं
विश्व के सभी लीडर्स की इच्छा ईश्वर की इच्छा बन रही है! धन्यवाद

यह 'सामूहिक अव्यक्तिगत प्रार्थना' तेजज्ञान फाउण्डेशन के सदस्य पिछले कई सालों से निरंतरता से कर रहे हैं। खुश लोग यह प्रार्थना कर सकते हैं और बीमार, दुःखी लोग उस वक्त एक जगह बैठकर इस प्रार्थना को ग्रहण कर स्वास्थ्य लाभ पा सकते हैं।

यदि इस वक्त आप परेशान या बीमार हैं तो रोज़ सुबह या रात 9:09 को केवल ग्रहणशील होकर इस भाव से बैठें कि 'स्वास्थ्य और शांति की सफेद रोशनी जो इस वक्त प्रार्थना में बैठे कई लोगों द्वारा नीचे पृथ्वी पर उतर रही है, वह मुझमें भी अपना कार्य कर रही है। मैं स्वस्थ और शांत हो रहा हूँ।' कुछ देर इस भाव में रहकर आप सबको धन्यवाद देकर उठें।

तेजज्ञान फाउण्डेशन – मुख्य शाखाएँ

पुणे (रजिस्टर्ड ऑफिस)
विक्रांत कॉम्प्लेक्स, तपोवन मंदिर के नज़दीक,
पिंपरी, पुणे-४११ ०१७. फोन : 020-27411240, 27412576

मनन आश्रम
सर्वे नं. ४३, सनस नगर, नांदोशी गाँव, किरकटवाडी फाटा,
तहसील- हवेली, जिला- पुणे - ४११ ०२४.
फोन : 09921008060

e-books
•The Source •Complete Meditation •Ultimate Purpose of Success •Enlightenment •Inner Magic •Celebrating Relationships •Essence of Devotion •Master of Siddhartha •Self Encounter, and many more.
Also available in Hindi at www.gethappythoughts.org

e-magazines
'Yogya Aarogya' & 'Drushtilakshya'
emagazines available on www.magzter.com

यह पुस्तक पढ़ने के बाद आप अपना अभिप्राय (विचार सेवा) इस पते पर भेज सकते हैं ...
Tejgyan Global Foundation, Pimpri Colony Post office, P.O. Box 25, Pune - 411 017. Maharashtra (India).

www.ingramcontent.com/pod-product-compliance
Lightning Source LLC
LaVergne TN
LVHW041852070526
838199LV00045BB/1557